U0088394

語言是通往世界的橋梁

語言鳥 **P**arrot

語言是通往世界的橋梁

모르면 아쉽다는
한국어 단어

不學可惜的
韓語
單字書

韓國文字的結構

　　韓文為表音文字，分為子音和母音，韓文字就是由子音和母音所組合而成。基本母音和子音各為10個字和14個字，總共24個字。基本母音和子音在經過組合之後，形成16個複合母音和子音，提高其整體組織性，這就是「韓語40音」。

　　每個韓文字代表一個音節，每音節最多有四個音素，而每字的結構最多由五個字母來組成，其組合方式有以下幾種：
1. 子音加母音，例如：나（我）
2. 子音加母音加子音，例如：방（房間）
3. 子音加複合母音，例如：귀（耳）
4. 子音加複合母音加子音，例如：광（光）
5. 一個子音加母音加兩個子音，例如：값（價錢）

韓語40音發音對照表

一、基本母音（10個）

	ㅏ	ㅑ	ㅓ	ㅕ	ㅗ	ㅛ	ㅜ	ㅠ	ㅡ	ㅣ
名稱	아	야	어	여	오	요	우	유	으	이
拼音發音	a	ya	eo	yeo	o	yo	u	yu	eu	i
注音發音	ㄚ	ㄧㄚ	ㄜ	ㄧㄜ	ㄡ	ㄧㄡ	ㄨ	ㄧㄨ	(ㄜ)	ㄧ

說 明

- 韓語母音「ㅡ」的發音和「ㄜ」發音有差異，但嘴型要拉開，牙齒快要咬住的狀態，才發得準。
- 韓語母音「ㅓ」的嘴型比「ㅗ」還要大，整個嘴巴要張開成「大Ｏ」的形狀，「ㅗ」的嘴型則較小，整個嘴巴縮小到只有「小o」的嘴型，類似注音「ㄡ」。
- 韓語母音「ㅕ」的嘴型比「ㅛ」還要大，整個嘴巴要張開成「大Ｏ」的形狀，類似注音「ㄧㄜ」，「ㅛ」的嘴型則較小，整個嘴巴縮小到只有「小o」的嘴型，類似注音「ㄧㄡ」。

二、基本子音（10個）

	ㄱ	ㄴ	ㄷ	ㄹ	ㅁ	ㅂ	ㅅ	ㅇ	ㅈ	ㅊ
名稱	기역	니은	디귿	리을	미음	비읍	시옷	이응	지읒	치읓
拼音發音	k/g	n	t/d	r/l	m	p/b	s	ng	j	ch
注音發音	ㄎ	ㄋ	ㄊ	ㄌ	ㄇ	ㄆ	ㄙ，（ㄒ）	不發音	ㄗ	ㄘ

說　明

- 韓語子音「人」有時讀作「ㄙ」的音，有時則讀作「ㄒ」的音，「ㄒ」音是跟母音「ㅣ」搭在一塊時才會出現。
- 韓語子音「ㅇ」放在前面或上面不發音；放在下面則讀作「ng」的音，像是用鼻音發「嗯」的音。
- 韓語子音「ㅈ」的發音和注音「ㄗ」類似，但是發音的時候更輕，氣更弱一些。

三、基本子音（氣音4個）

	ㅋ	ㅌ	ㅍ	ㅎ
名　稱	키읔	티읕	피읖	히읗
拼音發音	k	t	p	h
注音發音	ㄎ	ㄊ	ㄆ	ㄏ

說　明

- 韓語子音「ㅋ」比「ㄱ」的較重，有用到喉頭的音，音調類似國語的四聲。
  ㅋ＝ㄱ＋ㅎ
- 韓語子音「ㅌ」比「ㄷ」的較重，有用到喉頭的音，音調類似國語的四聲。
  ㅌ＝ㄷ＋ㅎ
- 韓語子音「ㅍ」比「ㅂ」的較重，有用到喉頭的音，音調類似國語的四聲。
  ㅍ＝ㅂ＋ㅎ

四、複合母音（11個）

	ㅐ	ㅒ	ㅔ	ㅖ	ㅘ	ㅙ	ㅚ	ㅞ	ㅝ	ㅟ	ㅢ
名稱	애	얘	에	예	와	왜	외	웨	워	위	의
拼音發音	ae	yae	e	ye	wa	w ae	oe	we	wo	wi	ui
注音發音	ㄝ	ㄧ ㄝ	ㄟ	ㄧ ㄟ	ㄨ ㄚ	ㄨ ㄝ	ㄨ ㄟ	ㄨ ㄟ	ㄨ ㄛ	ㄨ ㄧ	ㄜ ㄧ

說 明

- 韓語母音「ㅐ」比「ㅔ」的嘴型大，舌頭的位置比較下面，發音類似「ae」；「ㅔ」的嘴型較小，舌頭的位置在中間，發音類似「e」。不過一般韓國人讀這兩個發音都很像。

- 韓語母音「ㅒ」比「ㅖ」的嘴型大，舌頭的位置比較下面，發音類似「yae」；「ㅖ」的嘴型較小，舌頭的位置在中間，發音類似「ye」。不過很多韓國人讀這兩個發音都很像。

- 韓語母音「ㅚ」和「ㅞ」比「ㅙ」的嘴型小些，「ㅚ」的嘴型是圓的；「ㅚ」、「ㅞ」則是一樣的發音，不過很多韓國人讀這三個發音都很像，都是發類似「we」的音。

五、複合子音（5個）

	ㄲ	ㄸ	ㅃ	ㅆ	ㅉ	MP3 006
名　稱	쌍기역	쌍디귿	쌍비읍	쌍시옷	쌍지읒	
拼音發音	kk	tt	pp	ss	jj	
注音發音	ㄍ	ㄉ	ㄅ	ㄙ	ㄗ	

說　明

- 韓語子音「ㅆ」比「ㅅ」用喉嚨發重音，音調類似國語的四聲。
- 韓語子音「ㅉ」比「ㅈ」用喉嚨發重音，音調類似國語的四聲。

	ㅏ	ㅑ	ㅓ	ㅕ	ㅗ	ㅛ	ㅜ	ㅠ	ㅡ	ㅣ
ㄱ	가	갸	거	겨	고	교	구	규	그	기
ㄴ	나	냐	너	녀	노	뇨	누	뉴	느	니
ㄷ	다	댜	더	뎌	도	됴	두	듀	드	디
ㄹ	라	랴	러	려	로	료	루	류	르	리
ㅁ	마	먀	머	며	모	묘	무	뮤	므	미
ㅂ	바	뱌	버	벼	보	뵤	부	뷰	브	비
ㅅ	사	샤	서	셔	소	쇼	수	슈	스	시
ㅇ	아	야	어	여	오	요	우	유	으	이
ㅈ	자	쟈	저	져	조	죠	주	쥬	즈	지
ㅊ	차	챠	처	쳐	초	쵸	추	츄	츠	치
ㅋ	카	캬	커	켜	코	쿄	쿠	큐	크	키
ㅌ	타	탸	터	텨	토	툐	투	튜	트	티
ㅍ	파	퍄	퍼	펴	포	표	푸	퓨	프	피
ㅎ	하	햐	허	혀	호	효	후	휴	흐	히
ㄲ	까	꺄	꺼	껴	꼬	꾜	꾸	뀨	끄	끼
ㄸ	따	땨	떠	뗘	또	뚀	뚜	뜌	뜨	띠
ㅃ	빠	뺘	뻐	뼈	뽀	뾰	뿌	쀼	쁘	삐
ㅆ	싸	쌰	써	쎠	쏘	쑈	쑤	쓔	쓰	씨
ㅉ	짜	쨔	쩌	쪄	쪼	쬬	쭈	쮸	쯔	찌

目 錄

호칭
ho ching
稱呼

 字

씨 ssi
先生，小姐

형 hyeong
兄，哥(男生用語)

누나 nu na
姐姐(男生用語)

오빠 o ppa
哥哥(女生用語)

언니 eon ni
姐姐(女生用語)

선배 seon bae
前輩

후배 hu bae

後輩

님 nim

先生，小姐(尊稱)

~아 a

啊 (加在對方的名字後，是對親近的平輩或晚輩之稱呼)

자기야 ja gi ya

親愛的

당신 dang sin

你(親愛的，或者有時是生氣時說的你)

네 ne

你

너 neo

你 (生氣時說的)

야 ya

喂 (生氣時說的)

나 na

我

저 jeo

我(謙稱)

그 geu

他

그녀 geu nyeo

她

여보 yeo bo

親愛的

 例 句

동해 오빠!

dong hae o ppa

東海哥哥。(女生説的)

수영 언니.

su yeong eon ni

秀英姐。(女生説的)

용화 형.

yong hwa hyeong

容和哥。（男生説的）

혜교 누나!

hye gyo nu na

慧喬姐。（男生説的）

누님.

nu nim

大姐。（男生對大姐姐的尊稱）

윤아씨 어디에 계세요?

yun a ssi eo di e ge se yo

允兒在哪裡？

저는 몰라요.

jeo neun mol la yo

我不知道。

누구예요?

nu gu ye yo

是誰啊？

우리 회사 후배예요?

u ri hoe sa hu bae ye yo

我們公司的新人嗎？

네. 맞아요.

ne ma ja yo

是的，沒錯。

종현야, 이리와. 선배한테 인사해.

jong hyeon ya i ri wa seon bae han te in sa hae

宗泫啊，過來。跟前輩打招呼。

안녕하세요. 선배님, 저는 이종현입니다.

an nyeong ha se yo seon bae nim jeo neun i jong hyeon im ni da

您好。前輩，我是李宗泫。

잘 부탁드립니다.

jal bu tak deu rim ni da

請多多指教。

슈퍼주니어는 우리의 선배예요.

shoe peo ju ni eo neun u ri ui seon bae i eyo

Super Junior是我們的前輩。

선배님, 안녕하세요. 이건 제 새 앨범입니다.

seon bae nim an nyeong ha se yo i geon je sae ael beom im ni da

前輩，您好。這是我的新專輯。

연예계

yeon ye gye

演藝圈

 字

연예인 yeon ye in

演藝人員

가수 ga su

歌手

연습생 yeon seup saeng

練習生

숙소 suk so

宿舍

영상 yeong sang

影像，影片

사진 sa jin

照片

응원 eung won

應援，加油

팬 paen

粉絲，歌迷

노래 no rae

歌

인기가요 in gi ga yo

人氣歌謠

생방송 saeng bang song

生放送，Live現場直播

인터뷰 in teo byu

訪談，訪問

막네 mang ne

老么，年紀最小的

감동 gam dong

感動

소속사 so sok sa

所屬公司

기획사 gi hoek sa

經紀公司

사장님 sa jang nim

董事長，老闆，社長

사모님 sa mo nim

師母，董事長夫人

감독님 gam dok nim

總監

매니저 mae ni jeo

經紀人

안무가 an mu ga

編舞者

안무 an mu

編舞

개그멘 gae geu men

搞笑藝人

운전사 un jeon sa

司機

데뷔 de bwi

出道，出唱片

출연하다 chul lyeon ha da

出演

인기 in gi

人氣

수상식 su sang sik

頒獎典禮

수상하다 su sang ha da

得獎

성공 seong gong

成功

대표작 dae pyo jak

代表作

활동하다 hwal dong ha da

活動

대중 dae jung

大眾

작품 jak pum

作品

앨범 ael beom

專輯，唱片

작곡 jak gok

作曲

작사 jak sa

作詞

가사 ga sa

歌詞

데뷔작 de bwi jak

出道作品

인기 가수 in gi ga su

人氣歌手

스타 seu ta

明星

열풍 yeol pung

熱風，熱潮

유행 yu haeng

流行

대세 dae se

大勢，主流

명성 myeong seong

名聲

인지도 in ji do

知名度

관심 gwan sim

關心，注意

화제 hwa je

話題

대중 dae jung

大眾

한류 hal lyu

韓流

유명하다 yu myeong ha da

有名

유행이다 yu haeng i da

流行

출연하다 chul lyeon ha da

出演，演出

기사 gi sa

報導

콘서트 kon seo teu

演唱會

공연 gong yeon

表演

티켓 ti ket

門票

타이틀곡 ta i teul gok

主打歌

방송하다 bang song ha da

廣播

솔로 sol lo

獨唱，獨奏

예능프로그램

ye neung peu ro geu raem

才藝節目，綜藝節目

버라이어티 쇼 beo ra i eo ti syo

綜藝節目

가요프로그램 ga yo peu ro geu raem

歌謠節目

뉴스 nyu seu

新聞

개그콘서트 gae geu kon seo teu

搞笑演唱會

성형 seong hyeong

整形

연애 yearn ae

戀愛

화보 hwa bo

海報

배우 bae u
演員

영화 yeong hwa
電影

촬영 chwal ryeong
攝影，拍攝

결혼 gyeol hon
結婚

스캔들 seu gen dl
緋聞

드라마 deu ra ma
韓劇，戲劇

연속극 yeon sok geuk
連續劇

시대극 si dae geuk
時代劇，古裝劇

TV 연속극 TV yeon sok geuk
電視劇，連續劇

다큐멘터리 드라마
da kyu men teo ri deu ra ma

真實故事改編

자막 ja mak

字幕

주인공 ju in gong

主角

여자 주인공 yeo ja ju in gong

女主角

남자 주인공 nam ja ju in gong

男主角

탤런트 tael leon teu

電視劇演員

영화 시사회 yeong hwa si sa hoe

電影試映會

例 句

MP3 015

여러분, 안녕하세요.

yeo reo bun an nyeong ha se yo

大家好。

반갑습니다.

ban gap seum mi da

很高興見到大家。

잘 부탁드립니다.

jal bu tak deu rim mi da

請多多支持。（拜託了。）

많은 관심 부탁드립니다.

ma neun gwan sim bu tak deu rim ni da

請多多關心支持我們。

관심 많이 가져 주세요.

gwan shim ma ni ga jeo ju se yo

請關心愛護我們。

사랑해 주세요.

sa rang hae ju se yo

請多多愛護我。

유럽에서 에프티아일랜드는 얼마나 인기있는가?

yu reo be seo e peu ti a il laen deu neun eol ma na in gi in neun ga

在歐洲FTIsland的人氣如何?

인기가 많다.

in gi ga man ta

很有人氣。

영광스러워요.

yeong gwang seu reo woe yo

很榮幸。

놀았어요.

no rat sseo yo

很驚訝。

사랑해요.

sa rang hae yo

我愛你。

고마워요.

go ma woe yo

謝謝。

감사합니다.

gam sa ham mi da

感謝。

행복해요.

haeng bok hae yo

好幸福。

우리는…입니다.

u ri neun… im mi da

我們是…

꽃보다 미남이에요.

kkot bo da mi nam i e yo

真是花美男耶。

기뻐요.

gi ppeo yo

很開心。

응원해 주세요.

eung won hae ju se yo

請為我加油。

팬입니다.

paen im ni da

我是你的迷(歌迷,影迷)。

사인해 주세요.

sa in hae ju se yo

請幫我簽名。

그 여자는 올해 초에 데뷔한 신인이었다.

geu yeo ja neun ol hae cho e de bwi han sin in i eot da

那個女的是今年初出道的新人。

가수로 데뷔했습니다.

ga su ro de bwi haet seum ni da

以歌手身分出道。

배우로 데뷔했습니다.

bae u ro de bwi haet seum ni da

以演員身分出道。

언제 데뷔했어요?

eon je de bwi hae seo yo

什麼時候出道的?

2010(이천 십) 년도요.

i cheon sip nyeon do yo

2010年。

그럼 선배네요.

geu reom seon bae ne yo

那您是前輩了。

영화에 출연했습니다.

yeong hwa e chul lyeon haet seum ni da

在電影中演出。

드라마에 출연했습니다.

deu ra ma e chul lyeon haet seum ni da

在戲劇裡演出。

올해는 짧은 바지가 유행이다.

ol hae neun jjal beun ba ji ga yu haeng i da

今年流行短褲。

영상을 유튜브에 올렸습니다.

yeong sang eul lyu tyu beu e ol lyeot seum ni da

影片已經放到YouTube了。

그 노래는 인기가 많아서 벌써 관객수 가 이십만 을 넘었어요.

geu no rae neun in gi ga ma na seo beol sseo gwan gaek su ga i sip ma neul leo meo sseo yo

那首歌的人氣很高，點閱率已經超過20萬了。

이 영화는 언제 개봉되는가?

i yeong hwa neun eon je gae bong doe neun ga

這部電影何時首映?

요즘 아시아에서 한국 연예인들의 인기가 대단하네요.

yo jeum a si a e seo han guk nyeon ye in deu rui in gi ga dae dan ha ne yo

最近韓國藝人在亞洲的人氣真是很旺。

세계적인 한류 열풍이 불고 있다.

se gye jeo gin hal lyu yeol pung i bul go it da

現在正興起世界性的韓流旋風。

연속극 좋아해요?

yeon sok geuk jo a hae yo

你喜歡連續劇嗎?

새 주말 드라마가 아주 재미있어요.

sae ju mal deu ra ma ga a ju jae mi i seo yo

新的週末戲劇蠻有趣的。

이 드라마는 시청률이 높아요?

i deu ra ma neun si cheong nyu ri no pa yo

這部戲劇收視率高嗎?

우리의 첫 만남은 드라마 같았어요.

u ri ui cheot man nam eun deu ra ma ga chi seo yo

我們的相識就跟戲劇一樣。

중국어 자막 없이 한국 드라마를 봤어요.

jung gu geo ja mak geop si han guk deu ra ma reul bwa seo yo

我看了沒有中文字幕的韓劇。

한국어 자막이 있는 미국 영화를 봤어요.

han gu geo ja ma gi in neun mi guk nyeong hwa reul bwa seo yo

我看了有韓文字幕的美國電影。

콘서트는 몇 시에 시작합니까?

kon seo teu neun myeot si e si ja kam ni kka

演唱會幾點開始?

그 여배우는 한국의 패셔니스타이다.

geu yeo bae u neun han gu gui pae syeo ni seu ta i da

那位女演員是韓國的時尚達人。

영화 개봉 전에 시사회에 스타들이 많이 참석했어요.

yeong hwa gae bong jeon e si sa hoe e seu ta deu ri ma ni cham seok ae seo yo

電影首映前的試映會有很多明星參加。

작사 작곡을 같이 하는 뛰어난 가수들이 있어요.

jak sa jak go geul ga chi ha neun ttwi eo nan ga su deu ri i seo yo

有一些會自己作詞、作曲的優秀歌手。

좋은 소속사와 계약하는 것이 중요합니다.

jo eun so sok sa wa gye yak a neun geo si jung yo ham ni da

跟好的經濟公司簽約很重要。

그들의 소속사는 JYP입니다.

geu deu rui so sok sa neun JYP im ni da

他們的所屬公司是JYP。

한국전통문화

han guk jeon tong mun hwa

韓國傳統文化

單 字

태극기 tae geuk gi

太極旗，韓國國旗

한복 han bok

韓服

개량 한복 gae ryang han bok

改良韓服

전통음악 jeon tong eum ak

傳統音樂

한자 han ja

漢字

한글 han geul

韓文字

세종대왕 se jong dae wang

世宗大王

설날 seol lal

元旦，春節，大年初一

추석 chu seok

秋夕，中秋節(韓國人的感恩節)

윷놀이 yun no ri

擲柶遊戲，翻板子遊戲

강강술래 gang gang sul lae

圓圈舞

명절 myeong jeol

名節，節日，假日

세배 se bae

歲拜，拜年

음력 eum nyeok

陰曆

양력 yang nyeok

陽曆

한옥 han ok
韓屋，傳統韓式房屋

전통 jeon tong
傳統

세뱃돈 se baet don
壓歲錢

가위 바위 보 ga wi ba wi bo
剪刀、石頭、布

숨바꼭질 sum ba kkok jil
捉迷藏

소꿉놀이 so kkum no ri
扮家家酒

구슬치기 gu seul chi gi
打彈珠

조선시대 jo seon si dae
朝鮮時代

왕조 wang jo
王朝

대비마마 dae bi ma ma

大妃媽媽，母后

대왕 dae wang

大王

마마 ma ma

陛下，貴人(是韓國古代對皇上及皇上的家人表示尊敬的稱呼)

폐하 pye ha

陛下，皇上

임금 im geum

君主，皇帝，國王

황제 hwang je

皇帝，天子

황후 hwang hu

皇后，娘娘

왕비 wang bi

王妃，王后

황제 폐하 hwang je pye ha

國王陛下

황후 폐하 hwang hu pye ha

皇后陛下

황태자 hwang tae ja

皇太子，王儲

황태자비 hwang tae ja bi

皇太子妃

전하 jeon ha

殿下

왕자 wang ja

王子

공주 gong ju

公主

황궁 hwang gung

皇宮

궁궐 gung gwol

宮殿

명성 황후 myeong seong hwang hu

明成皇后

가야금 ga ya geum

伽倻琴

온돌 on dol

(韓國式)暖炕

 句

한복을 입고 싶어요.

han bo geul rip go si peo yo

我想穿韓服。

한복 옷고름 매는 법 아세요?

han bok got go reum mae neun beop ba se yo

你會打韓服衿的蝴蝶結嗎?

황송하옵니다!

hwang song ha om ni da

惶恐!罪過!不敢當!

황태자 전하!

hwang tae ja jeon ha

王子殿下！

비궁, 이리 오너라.

bi gung, i ri o neo ra

妃宮，過來。

황제는 곤복으로 갈아입었다.

hwang je neun gon bo geu ro ga ra i beot da

皇帝換上了一件龍袍 。

황태후 마마 천하 신민의 소망을 굽어 살피소서.

hwang tae hu ma ma cheon ha sin min ui so mang eul gu beo sal pi so seo

皇太后俯念天下臣民之望。

세종대왕이 한글을 만드셨어요.

se jong dae wang i han geu reul man deu syeo seo yo

世宗大王造了韓文字。

한국의 국화는 뭐예요?

han gu gui guk wa neun mwo ye yo

韓國的國花是什麼？

무궁화예요.

mu gung hwa ye yo

木槿（又名無窮花）。

무궁화는 영원한 꽃이라는 뜻이에요.

mu gung hwa neun nyeong won han kko chi ra neun tteu si e yo

無窮花的涵義是永遠的花。

한국의 국기는 태극기다.

han gu gui guk gi neun tae geuk gi da

韓國的國旗是太極旗。

태극은 음양의 조화를 나타내요.

tae geu geun eum nyang ui jo hwa reul la ta nae yo

太極展現出陰陽的調和。

설날에는 일가친척들이 모인다.

seol la re neun il ga chin cheok deu ri mo in da

農曆過年時，親戚家屬們會團聚在一起。

아이들은 할아버지 할머니께 세배를 드리고 있어요.

a i deu reun ha ra beo ji hal meo ni kke se bae reul deu ri go i seo yo

孩子們正在向爺爺奶奶拜年。

어린이들은 어른들에게 절을 한 뒤에 세뱃돈을 받는다.

eo rin i deu reun eo reun deu re ge jeo reul han
dwi e se baet do neul ban neun da

年幼的孩子向長輩拜年之後會拿到壓歲錢。

우리 가위 바위 보 할까요?

u ri ga wi ba wi bo hal kka yo

我們要不要玩剪刀石頭布?

한국인들은 추석이나 설날에 한복을 입는 것을 좋아한다.

han gu gin deu reun chu seo ki na seol lal e han
bo keul rim neun geo seul jo a han da

韓國人喜歡在中秋節或是元旦時穿韓服。

추운 겨울에는 온돌방 만한 따뜻한 곳 이 없어요.

chu un gyeo u re neun on dol bang man han tta
tteu tan gos i eop seo yo

在寒冷的冬天時,沒有像暖炕房這麼温暖的地
方了。

한옥의 아름다움이 좋아서 일부러 전통 한옥을 지어서 사는 사람도 있어요.

han o gui a reum da um i jo a seo il bu reo jeon tong han o geul ji eo seo sa neun sa ram do i seo yo

因為喜歡韓屋的美麗，也有人特意將房子蓋成韓屋來居住。

명절 때마다 서울에서 고향으로 내려가는 사람들이 많아요.

myeong jeol ttae ma da seo u re seo go hyang eu ro nae ryeo ga neun sa ram deu ri ma na yo

每到年節時都很多從首爾回鄉下的人。

한국요리
han guk yo ri
韓國料理

 字

떡 tteok
年糕

가래떡 ga rae tteok
條狀年糕

인절미 in jeol mi
花生粉麻糬 (比台灣的花生麻糬不甜許多)

무지개떡 mu ji gae tteok
彩虹糕(多層色彩蒸糕)

시루떡 si ru tteok
紅豆蒸糕(紅色代表喜氣)

찹쌀떡 chap ssal tteok
糯米糕

떡국 tteok guk

年糕湯

미역국 mi yeok guk

海帶湯

송편 song pyeon

松片，松糕（用糯米包紅豆沙、綠豆沙、栗子泥或芝麻餡，類似麻糬，捏成一個小半月形或蛤蜊狀，放在一層松針上蒸熟，是中秋節的傳統食物。）

삼계탕 sam gye tang

人參雞

궁중음식 gung jung eum sik

宮廷料理

한정식 han jeong sik

韓定食

뚝배기 불고기 ttuk bae gi bul go gi

牛肉砂鍋(不辣，用牛肉、冬粉、洋蔥、蔬菜、年糕煮成，味道甘甜)

제육덮밥 je yuk deop bap

豬肉蓋飯(豬肉和蔬菜一起拌炒的辣味料理，淋在白飯上)

공기밥 gong gi bap

白飯

감자탕 gam ja tang

馬鈴薯豬骨湯(用帶骨豬肉、馬鈴薯、蔬菜、年糕煮成的辣湯)

청국장찌개 cheong guk jang jji gae

清麴醬鍋(用清麴醬湯、蔬菜、豆腐、牛肉、魚乾等煮成的鍋)

당면 dang myeon

韓國粉絲(類似冬粉，用番薯或綠豆製成的粉條)

잡채 jap chae

雜菜，什錦炒粉絲(蔬菜、蘑菇、烤肉先炒過，和以水煮熟的韓國粉絲拌製成的料理)

삼겹살 sam gyeop sal

五花肉，三層肉

불고기 bul go gi
韓式烤肉

닭갈비 dak gal bi
辣炒雞肉，辣炒雞排

낙지볶음 nak ji bo kkeum
辣炒章魚

갈비탕 gal bi tang
排骨湯

설렁탕 seol leong tang
雪濃湯/牛骨湯(白色，不辣)

된장찌개 doen jang jji gae
味增鍋

순두부찌개 sun du bu jji gae
嫩豆腐鍋

부대찌개 bu dae jji gae
部隊鍋

김치찌개 gim chi jji gae
泡菜鍋

해물탕 hae mul tang
海鮮湯

김치 gim chi
泡菜

전/부침개 jeon/bu chim gae
煎餅

돌솥 비빔밥 dol sot bi bim bap
石鍋拌飯

비빔밥 bi bim bap
拌飯

물냉면 mul laeng myeon
水冷麵

비빔면 bi bim myeon
韓式拌麵

짬뽕 jjam ppong
炒碼麵

김치볶음밥 gim chi bo kkeum bap
泡菜炒飯

떡볶이 tteok bo kki

辣炒年糕

김밥 gim bap

飯捲，壽司

누룽지 nu rung ji

鍋粑

육개장 yuk gae jang

辣牛肉湯

회 hoe

韓式生魚片

계란덮밥 gye ran deop bap

雞蛋蓋飯(雞蛋打散和蔬菜拌炒，淋在飯上)

장어덮밥 jang eo deop bap

鰻魚蓋飯

불고기덮밥 bul go gi deop bap

烤豬肉蓋飯

라면 ra myeon

泡麵

핫도그 hat do geu
熱狗

튀김 twi gim
炸物

어묵 eo muk
關東煮

순대 sun dae
豬腸

닭꼬치 dak kko chi
雞肉串

닭강정 dak gang jeong
糖醋雞肉

삼선 짬뽕 sam seon jjam ppong
三鮮炒碼麵

호떡 ho tteok
糖餡餅，黑糖餅，胡餅

붕어빵 bung eo ppang

鯛魚燒

계란빵 gye ran ppang

雞蛋糕

찐빵 jjin ppang

豆沙包

팥죽 pat juk

紅豆湯

신선로 sin seon no

神仙爐，碳烤涮鍋(宮廷料理，色香味俱全，材料多種繁複，有牛肉、紅棗、煎牛脊髓、蘿蔔、海參、鮑魚、蘑菇、紅辣椒、胡椒以及銀杏等，用牛肉高湯煮，火鍋中間桶狀處放入炭，邊涮邊吃。)

고구마 맛탕 go gu ma mat tang

番薯拔絲

우리는 설날에 떡국을 끓여 먹습니다.

u ri neun seol la re tteok gu geul kkeu ryeo
meok seum ni da

我們在過年時會煮年糕湯來喝。

송편은 한국인들이 추석에 먹는 특별한 음식이에요.

song pyeon eun han gu gin deu ri chu seo ge
meong neun teuk byeol han eum si gi e yo

松糕是韓國人在中秋節時吃的特別食物。

좋아하는 음식이 뭐예요?

jo a ha neun eum sik gi mwo ye yo

你最喜歡的食物是什麼？

해물 부침개예요.

Hae mul bu chim gae ye yo

海鮮煎餅。

당신은요?

dang sin eun nyo

你呢？

저는 짬뽕 좋아해요.

jeo neun jjam ppong jo a hae yo

我喜歡炒碼麵

짬뽕 할 줄 알아요?

jjam ppong hal jul ra ra yo

你會做炒碼麵嗎?

몰라요.

mol la yo

不會。

한국사람들은 생일날에 미역국을 먹어요.

han guk sa ram deu reun saeng il la re mi yeok gu geul meo geo yo

韓國人生日時會喝海帶湯。

생일에는 왜 미역국을 먹어요?

saeng i re neun wae mi yeok gu geul meo geo yo

為什麼生日時要喝海帶湯呢?

산모들이 애기를 낳고 미역국을 먹어요.

san mo deu ri ae gi reul la ko mi yeok gu geul meo geo yo

產婦生完小孩會喝海帶湯。

不學可惜的 韓語單字書

미역에는 산후조리에 좋은 영양가 많이 들어 있어요.

mi yeo ge neun san hu jo ri e jo eun nyeong yang ga ma ni deu reo i seo yo

海帶湯裡有很多的營養對於產後調理很好。

그래서 생일날에는 엄마께 감사하는 마음으로 미역국을 먹는 거예요.

geu rae seo saeng il la re neun eom ma kke gam sa ha neun ma eum eu ro mi yeok gu geul meong neun geo ye yo

所以在生日時以著對母親感謝的心情來喝海帶湯。

그렇구나.

geu reo ku na

原來如此。

날씨가 추워지니까 어묵이랑 따뜻한 국물이 먹고 싶어요.

nal ssi ga chu wo ji ni kka eo mu gi rang tta tteu tan gung mu ri meok go si peo yo

天氣變冷了，所以想吃點關東煮和熱湯。

여름에는 뜨거운 삼계탕을 먹고 더위를 이겨요.

yeo reum e neun tteu geo un sam gye tang eul meok go deo wi reul ri gyeo yo

夏天吃熱呼呼的人參雞可以消暑氣。

고구마 튀김 과 떡볶이 2인분 주세요.

go gu ma twi gim gwa tteok bo kki 2in bun ju se yo

炸地瓜和辣炒年糕2人份。

오늘 회식 때 삼겹살 먹으러 가나요?

o neul hoe sik ttae sam gyeop sal meo geu reo ga na yo

今天聚餐要去吃烤肉嗎?

중화요리

jung hwa yo ri

中華料理

 字

수제비 su je bi

麵疙瘩

국수/면 guk su myeon

麵

죽 juk

粥

자장면 ja jang myeon

炸醬麵

탕수육 tang su yuk

糖醋肉，糖醋排骨

깐풍기 kkan pung gi

乾烹雞

XO소스 닭고기 볶음
XO so seu dak go gi bo kkeum

三杯雞

돌판구이 dol pan gu i

鐵板烤肉

해삼 hae sam

海參

샥스핀 syak seu pin

魚翅

제비집 스프 je bi jip seu peu

燕窩湯

전복 수프 jeon bok su peu

鮑魚湯

왕새우 wang sae u

大明蝦

로브스터/바닷가재

ro beu seu teo/ba dat ga jae

龍蝦

오룡해삼 o ryong hae sam

海參炒烏龍麵

게요리 ge yo ri

螃蟹料理

찐게 jjin ge

清蒸螃蟹

게살 샐러드 ge sal sael leo deu

蟹肉沙拉

게살튀김 ge sal twi gim

炸蟹肉

칠리새우 chil li sae u

辣味醬燒蝦

냉채 naeng chae

冷盤

불도장 bul do jang

佛跳牆

볶음면 bo kkeum myeon

炒麵

팔진초면 pal jin cho myeon

八珍炒麵，三鮮炒麵

볶음밥 bo kkeum bap

炒飯

게살 볶음밥 ge sal bo kkeum bap

蟹肉炒飯

새우 볶음밥 sae u bo kkeum bap

蝦仁炒飯

소안심 후추소스

so an sim hu chu so seu

黑胡椒牛柳

자연송이 ja yeon song i

松茸

메로찜 요리 me ro jjim nyo ri

清蒸鱈魚

북경식 오리 구이

buk gyeong sik o ri gu i

北京烤鴨

라조기 ra jo gi

辣椒雞

닭고기 와 캐슈너트

dak go gi wa ke syu neo teu

腰果雞丁

삼겹살찜 sam gyeop sal jjim

東坡肉

소고기와 피망고추볶음

soe go gi wa pi mang go chu bo kkeum

青椒炒牛肉絲

새우과 두부요리

sae u gwa du bu yo ri

蝦仁豆腐

마파두부 ma pa du bu

麻婆豆腐

팔진탕면 pal jin tang myeon

什錦湯麵

소고기 탕면 so go gi tang myeon

牛肉麵

기스면 gi seu myeon

雞絲麵

해물춘권 hae mul chun gwon

酥皮春卷

꽃빵 kkot ppang

花卷

찹쌀떡 튀김 chap ssal tteok twi gim

拔絲元宵

참깨 찹쌀떡

cham kkae chap ssal tteok

芝麻球

소고기 탕수육 so go gi tang su yuk

糖醋豬肉

새우 완자탕 sae u wan ja tang

蝦丸湯

마파 두부 밥 ma pa du bu bap

麻婆豆腐飯

삼선 볶음밥 sam seon bo kkeum bap

三鮮炒飯

새우덮밥 sae u deop bap

鮮蝦蓋飯

울면 ul myeon

海鮮湯麵

볶음면 bo kkeum myeon

炒麵

루러우반 ru reo u ban

滷肉飯

러우쑹 reo u ssung

肉鬆

둥근 어묵 탕 dung geun eo muk tang

魚丸湯

만두 man du

水餃

물만두 mul man du

水餃

군만두 / 만두구이 / 야끼만두
gun man du/man du gu i/ya kki man du

煎餃

왕만두 wang man du

圓形大餃子，包子，小籠包，煎包

찐만두 jjin man du

蒸餃子

만두국 man du guk

湯餃

고구마 바쓰는 한국의 고구마 맛탕과 비슷해요.

go gu ma ba sseu neun han gu gui go gu ma mat tang gwa bi seu tae yo

地瓜拔絲跟韓國的地瓜甜料理很像。

주요리가 나오기 전에 삼선 볶음밥 부터 먹어요.

ju yo ri ga na o gi jeon e sam seon bo kkeum bap bu teo meo geo yo

主菜出來前可以先吃三鮮炒飯。

샥스핀은 값이 비싸고 인기 있지만 알려진 만큼 영양가가 많지는 않대요.

syak seu pin eun gap si bi ssa go in gi it ji man al lyeo jin man keum nyeong yang ga ga man chi neun an tae yo

魚翅價格昂貴又很有人氣，但是營養卻不如傳聞的那麼好。

바닷가재는 요리를 잘해야 더 맛있어요.

ba dat ga jae neun nyo ri reul jal hae ya deo man ni seo yo

龍蝦要好好料理才會更好吃。

일본 요리

il bon yo ri

日本料理

 字

돈가스덮밥 don ga seu deop bap

豬排蓋飯

닭계란덮밥 dak gye ran deop bap

親子蓋飯

오므라이스 o meu ra i seu

蛋包飯

카레 ka re

咖哩

우동 u dong

烏龍麵，日式拉麵

어묵 eo muk

關東煮

주먹밥 ju meok bap

御飯糰

달걀찜 dal gyal jjim

茶碗蒸

에피타이저 e pi ta i jeo

開胃菜

생선초밥 saeng seon cho bap

生魚片壽司

유뷰초밥 yu byu cho bap

豆皮壽司

김초밥 gim cho bap

手卷

된장국 doen jang guk

味增湯

생선회 saeng seon hoe

生魚片

양념 yang nyeom

調味料

간장 gan jang

醬油

와사비 wa sa bi

哇沙米，芥末

튀김 twi gim

炸物

치킨 chi kin

炸雞

마요네즈 ma yo ne jeu

美乃滋

샤부샤부 sya bu sya bu

日式涮涮鍋

소고기 전골 soe go gi jeon gol

牛肉壽喜燒

일본식 빈대떡

il bon sik bin dae tteok

日式章魚燒煎餅

고기 감자 조림 go gi gam ja jo rim

醬燒馬鈴薯熬肉

고기구이 go gi gu i

日式烤肉

닭꼬치구이 dak kko chi gu i

日式雞肉串燒

생선구이 saeng seon gu i

碳燒鮮魚

철판구이 cheol pan gu i

鐵板燒

단고지루(된장국+수제비)

dan go ji ru(doen jang guk su je bi)

味增麵疙瘩

과일 gwa il

水果

붕어빵 bung eo ppang

雕魚燒紅豆餅

매실 장아찌 mae sil jang a jji

醃梅子

친스코 chin seu ko

沖繩傳統餅乾

오세치 요리 o se chi yo ri

新年合菜擺盤，御節料理

일본식 전통과자

il bon sik jcon tong gwa ja

和菓子，日本傳統餅乾

모찌 mo jji

麻糬

딸기 모찌 ttal gi mo jji

草莓大福麻糬

생선초밥을 열 접시나 먹었어요.

saeng seon cho ba beul lyeol jeop si na meo geo
seo yo

我大概吃了十碟生魚片壽司了。

샤부샤부는 고기가 얇아서 먹기에 부담이 없어요.

sya bu sya bu neun go gi ga yal ba seo meok gi e
bu dam i eop seo yo

喇喇鍋的肉很薄，所以吃起來不負擔。

할머니께 화과자(와카시)를 선물로 드렸어요.

hal meo ni kke hwa gwa ja(wa ka si)reul seon
mul lo deu ryeo seo yo

我買了和菓子當禮物送給奶奶。

일본 여행에서 먹었던 맛있는 모찌가 생각나요.

il bon nyeo haeng e seo meo geot deon man nin
neun mo jji ga saeng gang na yo

我想起了在日本旅行時吃到的美味麻糬。

레스토랑

re seu to rang

歐美餐廳

 單字

에피타이저 e pi ta i jeo

前菜

스프 seu peu

湯

샐러드 sael leo deu

沙拉

화이트와인 hwa i teu wa in

白酒

레드 와인 re deu wa in

紅酒

파스타 pa seu ta

義大利麵

不學可惜的韓語單字書

73

스파게티 seu pa ge ti

義大利麵

스테이크 seu te i keu

牛排

디저트 di jeo teu

甜點

피자 pi ja

比薩

치킨 chi kin

炸雞

와플 wa peul

鬆餅

아이스크림 a i seu keu rim

冰淇淋

샌드위치 saen deu wi chi

三明治

젤라또 jel la tto

gelato, 義式霜淇淋

햄버거 haem beo geo

漢堡

치즈 chi jeu

起司

프렌치 드레싱

peu ren chi deu re sing

法式沙拉醬

사우전드 아일랜드 드레싱

sa u jeon deu a il laen deu deu re sing

千島沙拉醬

토마토 바질 파스타

to ma to ba jil pa seu ta

番茄義大利麵

크림 파스타 keu rim pa seu ta

白醬義大利麵

허브 바질 파스타

heo beu ba jil pa seu ta

青醬義大利麵

까르보나라 kka reu bo na ra
奶油培根義大利麵

베이컨 be i keon
培根

닭고기 dak go gi
雞肉

새우 sae u
蝦子

대합조개 dae hap jo gae
蛤蜊

홍시주스 hong si ju seu
紅柿果汁

고소하다 go so ha da
很香

느끼하다 neu kki ha da
很膩

담백하다 dam baek a da
很清淡

쫄깃쫄깃하다 jjol git jjol gi ta da

黏稠

소스 so seu

醬

재료 jae ryo

材料

등심 스테이크

deung sim seu te i keu

沙朗牛排

안심 스테이크 an sim seu te i kcu

里肌牛排

립 스테이크 rip seu te i keu

牛小排

티본 스테이크 ti bon seu te i keu

帶T形骨的腰部嫩牛排

연어 스테이크 yeon eo seu te i keu

鮭魚肉排

훈제 연어와 사워크림

hun je yeon eo wa sa wo keu rim

煙燻鮭魚加酸奶油醬

달팽이 요리 dal paeng i yo ri

蝸牛料理

 例 句

실례합니다, 웨이터.

sil lye ham mi da we i teo

不好意思，服務生。

물 한잔 더 주세요.

mul han jan deo ju se yo

請給我一杯水。

주문하시겠습니까?

ju mun ha si get seum ni kka

請問要點餐了嗎？

네, 안심스테이크 주세요.

ne, an sim seu te i keu ju se yo

要，請給我里肌牛排。

스테이크는 어떻게 해 드릴까요?

seu te i keu neun eo tteo ke hae deu ril kka yo

請問牛排要幾分熟?

완전히 익혀 주세요. 그리고 샐러드는 사우전드 아일랜드 드레싱으로 주세요.

wan jeon hi ik yeo ju se yo geu ri go sael leo deu neun sa u jeon deu a il laen deu deu re sing eu ro ju se yo

全熟。然後我沙拉要用千島醬。

음료는 어떤 걸로 하시겠습니까?

eum nyo neun eo tteon geol lo ha si get seum ni kka

請問飲料要用哪一種?

홍차 주세요.

hong cha ju se yo

紅茶。

음료수는 식후에 부탁합니다.

eum nyo su neun sik u e bu tak am ni da

飲料請餐後再送。

등심 스테이크 주세요.

deung sim seu te i keu ju se yo

請給我沙朗牛排。

스테이크는 어떻게 해드릴까요?

seu te i keu neun eo tteo ke hae deu ril kka yo

牛排要幾分熟?

살짝 익혀 주세요.

sal jjak i kyeo ju se yo

請做成三分熟。

중간으로 익혀 주세요.

jung gan eu ro i khyeo ju se yo

五分熟。

반쯤 익혀 주세요.

ban jjeum i kyeo ju se yo

請做成五分熟。

반쯤 더 익혀 주세요.

ban jjeum deo i kyeo ju se yo

請做成七分熟。

완전히 익혀 주세요.

wan jeon hi i kyeo ju se yo

請做成全熟。

휴지 좀 주시겠습니까?

hyu ji jom ju si get seum mi kka

可以給我一些面紙嗎?

음료수를 부탁합니다.

eum ryo su reul bu tak ham mi da

請給我飲料。

자리에 앉은 후 무릎 위에 냅킨을 펴 놓으세요.

ja ri e an jeun hu mu reup pwi e naep kin eul pyeo no eu se yo

在位置上坐好之後，請把餐巾鋪在膝蓋上。

포크 하나 더 주세요.

po keu ha na deo ju se yo

請再給我一個叉子。

빈 유리잔 하나 더 주시겠어요?

bin nyu ri jan ha na deo ju si ge seo yo

可以再給我一個空的玻璃杯嗎？

더 필요한 건 없으신가요?

deo pil lyo han geon eop seu sin ga yo

還有需要什麼嗎？

네, 없어요.

ne, eop seo yo

沒有。

디저트는 뭘로 하시겠습니까?

di jeo teu neun mwol lo ha si get seum ni kka

請問甜點要哪一種?

무스케익으로 주세요.

mu seu ke i geu ro ju se yo

我要幕斯蛋糕。

커피숍

keo pi syop

咖啡廳

 單 字

음료 eum lyo

飲料

물 mul

水

광천수 gwang cheon su

礦泉水

우유 u yu

牛奶

핫초코 hat cho ko

熱巧克力

두유 du yu

豆奶

식혜 si kye

甜酒釀

인삼차 in sam cha

人蔘茶

꿀물 kkul mul

蜂蜜水

유자차 yu ja cha

柚子茶

슬러쉬 seul leo swi

冰沙

주스 ju seu

果汁

레모네이드 re mo ne i deu

檸檬汁

애플주스 e peul ju seu

蘋果汁

오렌지주스 o ren ji ju seu

柳橙汁

포도주스 po do ju seu

葡萄汁

포카리스웨트 po ka ri seu we teu

寶礦力水得

차 cha

茶

홍차 hong cha

紅茶

녹차 nok cha

綠茶，抹茶

밀크티 mil keu ti

奶茶

홍차 라떼 hong cha ra tte

紅茶拿鐵（鮮奶茶）

녹차라떼 nok cha ra tte

綠茶拿鐵（通常是抹茶加牛奶）

버블티 beo beul ti

珍珠奶茶

국화차 gu kwa cha
菊花茶

장미 차 jang mi cha
玫瑰花茶

계화 차 gye hwa cha
桂花茶

라벤더 차 la ben deo cha
薰衣草茶

커피 keo pi
咖啡

캬라멜 마끼아또
kya ra mel ma kki a tto
焦糖瑪奇朵

아메리카노 a me ri ka no
美式咖啡

카페라떼 ka pe ra tte
咖啡拿鐵

카푸치노 ka pu chi no

卡布奇諾

에스프레소 e seu peu re so

義式濃縮

카페라떼 ka pe ra tte

拿鐵咖啡

카페모카 ka pe mo ka

摩卡咖啡

요구르트 yo gu reu teu

優格，養樂多

와플 wa peul

鬆餅

토스트 to seu teu

吐司

딸기토스트 ttal gi to seu teu

草莓吐司

프렌치토스트 peu ren chi to seu teu

法式吐司

베이글 be i geul

貝果

케이크 ke i keu

蛋糕

티라미수 ti ra mi su

提拉米蘇

치즈케이크 chi jeu ke i keu

起司蛋糕

초콜릿 cho kol lit

巧克力

바닐라 아이스크림

ba nil la a i seu keu rim

香草冰淇淋

요구르트 yo gu reu teu

優格

과자 gwa ja

餅乾

빵 ppang

麵包

푸딩 pu ding

布丁

애플파이 ae peul pa i

蘋果派

브라우니 beu ra u ni

布朗尼

도넛 do neot

甜甜圈

초콜릿 무스케익

cho kol lit mu seu ke ik

巧克力慕斯

페퍼민트 차 pe peo min teu cha

薄荷茶

생크림 saeng keu rim

鮮奶油

MP3 046

不學可惜的 韓語單字書

버터 beo teo

奶油

설탕 seol tang

砂糖

 例 句

핫초코 한잔 주세요.

hat cho ko han jan ju se yo

請給我一杯熱巧克力。

초코칩 아이스크림 하나 주세요.

cho ko chip ba i seu keu rim ha na ju se yo

我要一個巧克力碎片霜淇淋。

컵에 드릴까요, 콘에 드릴까요?

keo be deu ril kka yo, kon e deu ril kka yo

要用杯子還是用甜筒裝?

카푸치노 한 잔과 머핀 하나 주세요.

ka pu chi no han jan gwa meo pin ha na ju se yo

卡布奇諾一杯和瑪芬蛋糕一個。

레모네이드 한 잔과 블루베리 치즈케익 주세요.

re mo ne i deu han jan gwa beul lu be ri chi jeu ke ik ju se yo

一杯檸檬汁和一個藍莓起司蛋糕。

국화차로 주세요.

guk wa cha ro ju se yo

我要一杯菊花茶。

홍차 한 잔 주세요.

hong cha han jan ju se yo

我要一杯紅茶。

시원한 거요, 아니면 따뜻한 거요?

si won han geo yo a ni myeon tta tteu tan geo yo

要冰的還是熱的？

따뜻한 걸로 주세요.

tta tteu tan geol lo ju se yo

熱的。

초콜릿 슬러쉬 한 잔 주세요.

cho col lit sl lu shi han jan ju se yo

我要一杯巧克力冰沙。

레귤러, 빅, 수퍼사이즈 중에 어떤 걸로 드릴까요?

re gyul leo bik su peo sa i jeu jung e eo tteon geol lo deu ril kka yo

您要中杯、大杯還是特大杯？

레귤러.

re gyul leo

中杯。

공항
gong hang
機場

MP3
048

單字

국제공항 guk je gong hang

國際機場

인천공항 in cheon gong hang

仁川機場

김포공항 gim po gong hang

金浦機場

김해공항 gim hae gong hang

金海機場

공항철도 gong hang cheol do

機場鐵道，機場直通捷運

공항 버스 gong hang beo seu

機場巴士

不學可惜的
韓語單字書

안내 데스크 an nae de seu keu

詢問台

비행기 bi haeng gi

飛機

공항 터미널 gong hang teo mi neol

機場航廈

매표소 mae pyo so

賣票所，售票亭

핸드폰 대여 haen deu pon dae yeo

手機出租

비행시간 bi haeng si gan

飛行時間

여행 yeo haeng

旅行

항공 hang gong

航空

항공사 hang gong sa

航空公司

예약 ye yak

預約

관광 gwan gwang

觀光

비행기표 bi haeng gi pyo

機票

여권 yeo gwon

護照

기장 gi jang

機長

승무원 seung mu won

空服員

담요 dam nyo

毛毯

베개 be gae

枕頭

가방 ga bang

包包

짐 jim

行李

수하물 su ha mul

手荷物，隨身行李

공항 카트 gong hang ka teu

航廈手推車

출입국 카드 chu rip guk ka deu

出入國申告書

비행기 탑승권(보딩 패스)

bi haeng gi tap seung gwon
(bo ding pae seu)

登機證(boarding pass)

탑승 수속(체크인)

tap seung su sok(che keu in)

登機手續(check in)

국내 공항 guk nae gong hang

國內機場

국내선 항공 guk nae seon hang gong

國內航線

국내 항공권 guk nae hang gong gwon

國內機票

 例 句

여권을 보여주세요.

yeo gwon eul bo yeo ju se yo

請給我看您的護照。

제 여권이 금년 말로 만기가 되는데요.

je yeo gwon i geum nyeon mal lo man gi ga doe neun de yo

我的護照今年年底到期。

핸드폰을 꺼주세요.

haen deu pon eul kkeo ju se yo

請把手機關機。

여행 좋아하세요?

yeo haeng jo a ha se yo

你喜歡旅行嗎?

핸드폰 대여 가능하나요?

haen deu pon dae yeo ga neung ha na yo

您好,我想租一支手機。

스마트폰 있나요?

seu ma teu pon in na yo

請問有智慧型手機嗎?

보증금은 얼마예요?

bo jeung geum eun eol ma ye yo

保證金要多少?

방 예약해 주세요.

bang ye yak ae ju se yo

請幫我訂房。

방 예약 해 주실래요?

bang ye yak ae ju sil lae yo

可以幫我訂房嗎?

수하물을 찾아가 주세요.

su ha mu reul cha ja ga ju se yo

請領取行李。

인천공항에 가는 중이에요.

in cheon gong hang e ga neun jung i e yo

我正在去仁川機場的路上。

출발하기 전에 비행기표를 잘 챙기세요.

chul bal ha gi jeon e bi haeng gi pyo reul jal chaeng gi se yo

出發前請好好保管機票。

교통수단
gyo tong su dan
交通工具

 字

차 cha

車

자동차 ja dong cha

自動車，汽車

밴 baen

箱型車

트럭 teu reok

卡車

택시 taek si

計程車

렌터카 ren teo ka

租車

버스 beo seu
巴士

고속 버스 go sok beo seu
高速巴士

셔틀버스 syeo teul beo seu
接泊巴士

오토바이 o to ba i
摩托車

스쿠터 seu ku teo
輕型摩托車

자전거 ja jeon geo
腳踏車

마차 ma cha
馬車

수레 su re
手推車

유모차 yu mo cha
嬰兒推車

골프 카트 gol peu ka teu

高爾夫球車

지하철 ji ha cheol

地下鐵，捷運

전철 jeon cheol

電車

기차, 열차 gi cha, yeol cha

火車，列車

기차역 gi cha yeok

火車站

KTX KTX

KTX (Korea Train Expres，韓國高鐵)

배 bae

船

요트 yo teu

遊艇

범선 beom seon

帆船

어선(고깃배) eo seon go git bae

漁船

유람선 yu ram seon

遊覽船，遊輪

헬리콥터 hel li kop teo

直升機

비행기 bi haeng gi

飛機

우주 왕복선 u ju wang bok seon

太空梭

 句

서울 시내로 들어가는 셔틀버스가 있나요?

seo ul si nae ro deu reo ga neun syeo teul beo seu ga in na yo

請問有到首爾市區的接駁車嗎？

한국에서 배를 타고 일본으로 가고 싶어요.

han gu ge seo bae reul ta go il bon eu ro ga go si peo yo

我想從韓國搭船到日本。

요트를 타본 적이 없어요.

yo teu reul ta bon jeo gi eop seo yo

我沒有搭過遊艇。

요정은 호박을 마차로 변하게 했다.

yo jeong eun ho ba geul ma cha ro byeon ha ge haet da

精靈把南瓜變成了馬車。

오토바이 탈 줄 알아요?

o to ba i tal jul ra ra yo

你會騎摩托車嗎?

태워 주세요.

tae wo ju se yo

載我。

운전 할 줄 알아요?

un jeon hal jul ra ra yo

你會開車嗎?

공항까지 태워 주세요.

gong hang kka ji tae wo ju se yo

載我去機場。

지하철 안에서 음식 먹어도 됩니까?

ji ha cheol ran e seo eum sik meo geo do doem ni kka

在地鐵裡可以吃東西嗎?

차를 렌트하려구요.

cha reul len teu ha ryeo gu yo

我想租車。

캠퍼스 안에서는 스쿠터 타고 수업 들으러 가는 학생들도 있어요.

kaem peo seu an e seo neun seu ku teo ta go su eop deu reu reo ga neun hak saeng deul do i seo yo

在大學校園裡也有學生騎摩托車去上課的。

골프장에서는 골프 카트 없이 다니려면 시간이 오래 걸려요.

gol peu jang e seo neun gol peu ka teu eop si da ni ryeo myeon si gan i o rae geol lyeo yo

在高爾夫球場若沒有高爾夫球車,要花很多時間來回。

옷
ot

衣服

 字

정장 jeong jang

套裝

양복 yang bok

西裝

셔츠 syeo cheu

襯衫

블라우스 beul la u seu

女襯衫

와이셔츠 wa i syeo cheu

白襯衫

치마 chi ma

裙子

不學可惜的 韓語單字書

투피스 치마 tu pi seu chi ma

兩片裙

원피스 won pi seu

連身洋裝

긴바지 gin ba ji

長褲

반바지 ban ba ji

短褲

청바지(데님) cheong ba ji

牛仔褲

조끼 jo kki

背心

티셔츠 ti syeo cheu

T恤

상의 sang ui

上衣

외투 oe tu

外套

롱 코트 rong ko teu

長外套

반 코트 ban ko teu

短外套

자켓 ja ket

夾克

점퍼,잠바 jeom peo,jam ba

工作外套

파카 pa ka

雪衣，厚外套

패딩 pae ding

襯墊，填料

오리털 o ri teol

鴨毛

거위털 geo wi teol

鵝毛，羽絨

스웨터 seu we teo

毛衣

니트 ni teu

針織

가디건 ga di geon

羊毛衫

반팔 ban pal

短袖

반바지 ban ba ji

短褲

후드 hu deu

帽子(連在衣服上的)

목도리 mok do ri

圍巾

잠옷 jam ot

睡衣

파자마 pa ja ma

（寬大的）睡衣褲

속옷 sok ot

內衣

브래지어 , 브라 beu rae ji eo beu ra

胸罩

팬티 paen ti

內褲

스타킹 seu ta king

絲襪，褲襪

레깅스 re ging seu

女式緊身褲

코르덴 바지 ko reu den ba ji

燈芯絨褲子

기모바지 gi mo ba ji

裡面有毛的保暖褲

수면양말 su myeon nyang mal

睡眠襪，厚襪子

데님 de nim

單寧

스트라이프 seu teu ra i peu

線條

신발

sin bal

鞋子

 單 字

구두 gu du

皮鞋

하이힐 ha i hil

高跟鞋

로힐 ro hil

低跟鞋

웨지 we ji

楔型鞋

샌들 saen deul

涼鞋

슬리퍼 seul li peo

拖鞋

실내화 sil nae hwa
室內鞋

쪼리 jjo ri
夾腳拖

단화 dan hwa
娃娃鞋

로퍼 ro peo
勞伯鞋，休閒鞋

부츠 bu cheu
靴了

장화 jang hwa
雨鞋

군화 gun hwa
軍靴

운동화 un dong hwa
運動鞋

스니커즈 seu ni keo jeu
膠底運動鞋，帆布鞋

조깅 슈즈 jo ging syu jeu
慢跑鞋

스파이크 슈즈 seu pa i keu syu jeu
釘鞋

펌프스 peom peu seu
無帶淺口有跟女鞋

워킹화 wo king hwa
運動鞋

어그부츠 eo geu bu cheu
羊毛靴

롱부츠 rong bu cheu
長靴

유리구두 yu ri gu du
玻璃鞋

句

신어 봐도 돼요?

sin eo bwa do dwae yo

我可以試穿嗎？

신어 보세요.

sin eo bo se yo

請試穿看看。

너무 작아요.

neo mu ja ga yo

太小了。

너무 커요.

neo mu keo yo

太大了。

딱 맞아요.

ttak ma ja yo

剛剛好。

한 싸이즈 더 큰 걸로 주세요.

han ssa i jeu deo keun geol lo ju se yo

請給我更大一號。

같은 디자인으로 흰색 있어요?

ga chin di ja in eu ro huin saek gi seo yo

同款的有沒有白色的?

겨울이 됐으니까 어그부츠 하나 장만 해야 겠어요.

gyeo u ri dwae seu ni kka eo geu bu cheu ha na jang man hae ya ge seo yo

冬天了，該購置一雙羊毛靴了。

액세서리

aek se seo ri

飾品配件

 單 字

목걸이 mok geo ri
項鍊

귀걸이 gwi geo ri
耳環

시계 si gye
手錶

반지 ban ji
戒指

팔찌 pal jji
手環

발찌 bal jji
足環

머리핀 meo ri pin
髮夾

머리끈 meo ri kkeun
髮束

머리띠 meo ri tti
髮箍

금 geum
金

은 eun
銀

금침 귀걸이 geum chim gwi geo ri
金針耳環

은침 귀걸이 eun chim gwi geo ri
銀針耳環

순금 sun geum
純金

도금 do geum
鍍金

보석 bo seok

寶石

다이아몬드 da i a mon deu

鑽石

수정 su jeong

水晶

진주 jin ju

珍珠

지갑 ji gap

錢包，皮夾

가방 ga bang

包包

명품 가방 myeong pum ga bang

名牌包

넥타이 nek ta i

領帶

넥타이핀 nek ta i pin

領帶夾

허리띠 heo ri tti
腰帶

모자 mo ja
帽子

장갑 jang gap
手套

양말 yang mal
襪子

선글라스 seon geul la seu
太陽眼鏡

안경 an gyeong
眼鏡

안경테 an gyeong te
鏡框

우산 u san
雨傘

양산 yang san
陽傘

스마트폰 액세서리

seu ma teu pon aek se seo ri

智慧手機飾品

스마트폰 케이스

seu ma teu pon ke i seu

智慧手機殼

이어폰 i eo pon

耳機

화장품

hwa jang pum

化妝品

單 字

화장수 hwa jang su

化妝水

로션 ro syeon

乳液

영양크림 yeong yang keu rim

面霜

페이셜로션 pe i syeol lo syeon

臉部乳液

바디 로션 ba di ro syeon

身體乳液

에센스 e sen seu

精華液

아이크림 a i keu rim

眼霜

BB크림 BB keu rim

BB霜

CC크림 CC keu rim

CC霜

리퀴드 파운데이션

ri kwi deu pa un de i syeon

粉底液

컴팩트 keom paek teu

粉餅

파우더 pa u deo

蜜粉

아이브로우 펜슬

a i beu ro u pen seul

眉筆

아이섀도 a i syae do

眼影

아이라이너 a i ra i neo

眼線筆

속눈썹 뷰러 sok nun sseop byu reo

睫毛夾

마스카라 ma seu ka ra

睫毛膏

인조 눈썹 in jo nun sseop

假睫毛

볼터치 bol teo chi

腮紅

립밤 rip bam

護唇膏

립스틱 rip seu tik

口紅

립글로스 rip geul lo seu

唇蜜

매니큐어 mae ni kyu eo

指甲油

네일 리무버 ne il ri mu beo

去光水

향수 hyang su

香水

마스크팩 ma seu keu paek

面膜

썬크림 sseon keu rim

防曬乳

핸드크림 haen deu keu rim

護手霜

클렌징오일 keul len jing o il

卸妝油

클렌징크림 keul len jing keu rim

卸妝乳

폼 클렌저 pom keul len jeo

洗面乳

필링젤 pil ling jel

去角質液

여행용품

yeo haeng yong pum

旅行用品

 單 字

여권 yeo gwon

護照

비행기표 bi haeng gi pyo

機票

돈 don

錢

지갑 ji gap

錢包

현금 인출 카드

hyeon geum in chul ka deu

提款卡

신용카드 sin nyong ka deu

信用卡

옷 ot

衣服

핸드폰 haen deu pon

手機

카메라 ka me ra

照相機

충전기 chung jeon gi

充電器

가방 ga bang

包包

신발 sin bal

鞋子

양말 yang mal

襪子

안경 an gyeong

眼鏡

렌즈 ren jeu

隱形眼鏡

다목적 용액 da mok jeok nyong aek

多功能清潔液

생리 식염수 saeng ni sing nyeom su

生理食鹽水

렌즈 케이스 ren jeu ke i seu

隱形眼鏡盒

렌즈 ren jeu

隱形眼鏡

칫솔 chit sol

牙刷

치약 chi yak

牙膏

샴푸 syam pu

洗髮精

린스 rin seu

潤絲精

바디클렌저 ba di keul len jeo

沐浴乳

바디 로션 ba di ro syeon

身體乳液

화장품 hwa jang pum

化妝品

손톱깎이 son top kka kki

指甲刀，指甲剪

수건 su geon

毛巾

빗 bit

梳子

헤어 젤 he eo jel

髮膠

화장지 hwa jang ji

衛生紙

물수건 mul su geon

濕紙巾，濕毛巾

물티슈 mul ti shoe

濕紙巾

슈트 케이스 shoe teu ke i seu

旅行箱

헤어 드라이어 he eo deu ra i eo

吹風機

플러그 어댑터 peul leo geu eo daep teo

轉接插頭

거울 geo ul

鏡子

타월 ta wol

毛巾

목욕 타월 mong nyok ta wol

浴巾

비누 bi nu

肥皂

스펀지 seu peon ji

海綿

 句

목욕 타월을 가져다주세요.

mong nyok ta wo reul ga jyeo da ju se yo

請幫忙拿浴巾給我。

수건으로 머리를 말리세요.

su geon eu ro meo ri reul mal li se yo

請用毛巾擦乾頭髮。

물수건으로 손을 닦았어요.

mul su geon eu ro son cul du kka seo yo

用毛巾擦了手。

바디 로션 뭐 써요?

ba di ro syeon mwo sseo yo

你用哪種身體乳液?

컴퓨터 핸드폰 인터넷

keom pyu teo haen deu pon in teo net

手機電腦網路

 單 字

컴퓨터 keom pyu teo

電腦

노트북 no teu buk

筆記型電腦

마우스 ma u seu

滑鼠

클릭 keul lik

(用滑鼠)點

키보드 ki bo deu

鍵盤

모니터 mo ni teo

電腦螢幕

스피커 seu pi keo
擴音器

마우스 패드 ma u seu pae deu
滑鼠墊

프로그램 peu ro geu raem
程式

포토샵(뽀샵) po to syap(ppo syap)
photoshop

한글 han geul
韓國的文件檔

워드 파일 wo deu pa il
Word檔案

엑셀 파일 ek sel pa il
Excel檔案

태블릿 PC tae beul lit PC
平板電腦

카메라 ka me ra
相機

핸드폰 haen deu pon

手機

휴대폰 hyu dae pon

行動電話

충전기 chung jeon gi

充電器

스마트폰 seu ma teu pon

智慧型手機

앱 aep

APP軟體

카카오 토크 ka ka o to keu

Kakao Talk
韓國人最常使用的聊天APP(智慧型手機)

라인 ra in

LINE
韓國最大入口網站ＮＡＶＥＲ研發的聊天
APP(智慧型手機)

친구 찾기 chin gu chat gi

尋找朋友

스티커 seu ti keo

貼圖

애플리케이션 ae peul li ke i syeon

申請

솔루션 sol lu syeon

解決方法

이노베이션 i no be i syeon

技術革新

컨텐츠 keon ten cheu

內容

안드로이드 an deu ro i deu

android

유틸리티 프로그램

yu til li ti peu ro geu raem

應用程式

소셜 so syeol

社交

컨셉 keon sep
概念

아이폰 a i pon
iphone

와이파이 wa i pa i
wifi

이메일 주소 i me il ju so
電子信箱

이메일 i me il
EMAIL

이멜 i mel
電子信箱

골뱅이 gol baeng i
小老鼠

점 jeom
點

보내다 bo nae da
寄出

블로그 beul lo geu

部落格

블로그를 만들다

beul lo geu reul man deul da

建立部落格

블로그에 글을 올리다

beul lo geu e geu reul rol li da

在部落格發文

게시판 ge si pan

公佈欄

페이스북 pe i seu book

臉書(Facebook)

트위터 teu wi teo

Twitter

메세지 me se ji

簡訊，訊息

답장 dap jang

回信

답글 , 댓글 dap geul daet geul

回文，回帖

인터넷 in teo net

網站

게임 ge im

遊戲

선택 seon taek

選擇

사진 sa jin

照片

동영상 dong yeong sang

影片

사진을 페이스북에 올렸어요.

sa jin eul pe i seu bu ge ol lyeo seo yo

我把照片發布到FB了。

댓글을 달았어요.

daet geu reul da ra seo yo

我寫回文了。/ 我有留言了。

ㅎㅎ heu heu

呵呵

ㅋㅋㅋ k k k

顆顆顆

키키 ki ki

喀喀

ㅠㅠ yu yu

哭哭

좋아요 jo a yo

讚

 句

배터리가 없어요.

bae teo ri ga eop seo yo

沒電了。

충전 해야겠다.

chung jeon hae ya get da

該充電了。

철자 하나, 스페이스만 잘못 눌러도 비밀 번호를 잘 읽지 못합니다.

cheol ja ha na, seu pe i seu man jal mot nul leo do bi mil beon ho reul jal rik ji mo tam ni da

綴字一個，或空白鍵按錯一個，密碼就讀不出來。

이메일을 보내 주세요.

i me i reul bo nae ju se yo

請寄email給我。

이메일을 보냈어요.

i me i reul bo nae seo yo

我寄email給您了。

이메일을 확인하세요.

i me i reul hwa gin ha se yo

請收email。

이메일 주소 좀 알려 주실래요?

i me il ju so jom al lyeo ju sil lae yo

可以給我您的email地址嗎？

iloveyou골뱅이naver점com

iloveyougol baeng i naver jeom com

iloveyounaver.com

백스페이스 키를 누르면 삽입 지점 앞의 문자가 지워집니다.

baek seu pe i seu ki reul lu reu myeon sa bip ji jeom a pui mun ja ga ji wo jim ni da

按Backspace就可以刪除游標前的字。

마우스가 안 움직여요.

ma u seu ga an um jing nyeo yo

滑鼠指標不會動。

마우스 오른쪽 버튼을 클릭하세요.

ma u seu o reun jjok beo teun eul keul lik a se yo

請按滑鼠右鍵。

그리고 복사를 누르세요.

geu ri go bok sa reul lu reu se yo

然後請按複製。

워드 파일에 붙여요.

wo deu pa i re bu chi yo

貼到word檔中。

워드 파일로 보내 주세요.

wo deu pa il ro bo nae ju se yo

請寄word檔案。

새 메세지가 왔습니다.

sae me se ji ga wat seum ni da

您有新訊息。

친구페북에 올린 사진에 저를 태그했어요.

pe bu ge bang geum ol lin sa jin i cheon myeong i neom ge pal lo u dwae seo yo

朋友放上FB的照片標註了我。

그는 2014년의 파워 블로거가 됐어요.

geu neun 2013nyeon ui pa wo beul lo geo ga dwae seo yo

他成為2014年的power部落客。

댓글 너무 감사해요.

daet geul ma da da beul da ra ju go i seo yo

謝謝你的回文。

140

색깔
saek kkal
顏色

 字

빨간색 ppal gan saek

紅

오렌지색 o ren ji saek

橙

노란색 no ran saek

黃

녹색/초록색 nok saek/cho nok saek

綠色

하늘색 ha neul saek

天藍色

파란색 pa ran saek

藍

청색 cheong saek
深藍色，海軍藍

보라색 bo ra saek
紫

핑크색 ping keu saek
粉紅色

진핑크 jin ping keu
桃紅色

연핑크 yeon ping keu
淡粉紅

장미색 jang mi saek
玫瑰色

피부색 pi bu saek
皮膚色

감색 gam saek
柿子色

엷은 노란색 yeol beun no ran saek
鵝黃色

상아색 sang a saek

象牙色

베이지색 be i ji saek

米黃色

연두색 yeon du saek

軟豆色，黃綠色

옥색 ok saek

玉色，翡翠綠

민트색 min teu saek

薄荷色

카키색 ka ki saek

卡其色，軍綠色

라벤더색 ra ben deo saek

薰衣草色，淡紫色

하얀색 ha yan saek

白

금색 geum saek

金色

은색 eun saek
銀色

회색 hoe saek
灰色

갈색 gal saek
褐色

검은색 geo meun saek
黑

주황색 ju hwang saek
橘色

남색 nam saek
藍色

황토색 hwang to saek
黃土色

고동색 go dong saek
古銅色

연두색 가방이 잘 어울리네요.

yeon du saek ga bang i jal reo ul li ne yo

黃綠色包包很適合你耶。

카키색 재킷이 멋있어요.

ka ki saek jae ki si meo si seo yo

卡其色夾克很帥。

그의 약혼녀는 진핑크 립스틱을 한 여자분이에요.

geu ui yak on nyeo neun jin ping keu rip seu ti geul han nyeo ja bun i e yo

他的未婚妻是那個塗桃紅唇膏的女生。

야채

ya chae

蔬菜

MP3 076

 字

배추 bae chu

大白菜

양배추 yang bae chu

高麗菜

시금치 si geum chi

菠菜

양파 yang pa

洋蔥

파 pa

蔥

부추 bu chu

韮菜

미나리 mi na ri
芹菜

호박 ho bak
南瓜

오이 o i
小黃瓜

감자 gam ja
馬鈴薯

고구마 go gu ma
地瓜

고추 go chu
辣椒

콩나물 kong na mul
黃豆芽

숙주나물 suk ju na mul
綠豆芽

당근 dang geun
紅蘿蔔

무 mu

白蘿蔔

옥수수 ok su su

玉米

가지 ga ji

茄子

갓 gat

芥菜

두부 du bu

豆腐

연근 yeon geun

蓮藕

아스파라거스 a seu pa ra geo seu

蘆筍

죽순 juk sun

竹筍

깻잎 kkaet nip

芝麻葉

상추 sang chu
萵苣，生菜

버섯 beo seot
香菇

토마토 to ma to
番茄

방울토마토 bang ul to ma to
小番茄

가지 ga ji
茄子

오이 o i
小黃瓜

옥수수 ok su su
玉米

피망 pi mang
青椒

호박 ho bak
南瓜

오크라 o keu ra
羊角豆，秋葵

고추 go chu
辣椒

쓴오이 sseun o i
苦瓜

강낭콩 gang nang kong
四季豆

대두 dae du
大豆，黃豆

완두콩 wan du kong
豌豆

누에콩 nu e kong
蠶豆

땅콩 ttang kong
花生

시금치 si geum chi
菠菜

쑥갓 ssuk gat

茼蒿

상추 sang chu

萵苣

미니양배추 mi ni yang bae chu

迷你高麗菜

셀러리 sel leo ri

芹菜

아스파라거스 a seu pa ra geo seu

蘆筍

브로콜리 beu ro kol li

花椰菜

파 pa

蔥

양파 yang pa

洋蔥

순무 sun mu

蕪菁

미니당근 mi ni dang geun

迷你胡蘿蔔

우엉 u eong

牛蒡

토란 to ran

芋頭

생강 saeng gang

薑

청경채 cheong gyeong chae

大白菜

팍초이 pak cho i

青江菜

민트 min teu

薄荷

바질 ba jil

羅勒

로즈마리 ro jeu ma ri

迷迭香

타임 ta im

百里香

라벤더 ra ben deo

薰衣草

 例 句

채소를 많이 먹어야 건강해요.

chae so reul ma ni meo geo ya geon gang hae yo

要多吃蔬菜才會健康。

고기를 먹을 때 상추와 깻잎을 곁들여 먹어요.

go gi reul meo geul ttae sang chu wa kkaen ni peul gyeot deul lyeo meo geo yo

吃肉時要夾著萵苣和芝麻葉吃。

토마토는 생으로 그냥 먹기도 하고, 소스로 만들어 먹기도 해요.

to ma to neun saeng eu ro geu nyang meok gi do ha go, so seu ro man deu reo meok gi do hae yo

番茄可以直接生吃，也可以做成沙拉來吃。

타임 넣으면 음식 맛이 더 풍성해져요.

ta im gwa ba jil deung ui heo beu reul leo eu
myeon eum sik man ni deo pung seong hae jyeo
yo

放入百里香食物會更有風味。

과일
gwa il
水果

 單 字

사과 sa gwa
蘋果

배 bae
梨子

감 gam
柿子

수박 su bak
西瓜

포도 po do
葡萄

건포도 geon po do
葡萄乾

MP3
081

不
學
可
惜
的
韓
語
單
字
書

딸기 ttal gi
草莓

멜론 mel lon
哈密瓜

망고 mang go
芒果

귤 gyul
橘子

오렌지 o ren ji
柳橙

리치, 여지 ri chi yeo ji
荔枝

레몬 re mon
檸檬

야자 ya ja
椰子

복숭아 bok sung a

水蜜桃

자두 ja du
李子

바나나 ba na na
香蕉

파인애플 pa in ae peul
鳳梨

참외 cham oe
甜瓜, 香瓜

앵두 aeng du
櫻桃

무화과 mu hwa gwa
無花果

블루베리 beul lu be ri
藍莓

블랙베리 beul laek be ri
黑莓

롱간 rong gan
龍眼

두리안 du ri an

榴槤

복분자 bok bun ja

覆盆子

키위 ki wi

奇異果

비파 bi pa

枇杷

망고 mang go

芒果

용과 yong gwa

火龍果

람부탄 ram bu tan

紅毛丹

스페인라임 seu pe il la im

萊姆

살구 sal gu

杏實

잭후르츠 jaek u reu cheu

波羅蜜

구아바 gu a ba

番石榴，芭樂

체리모야 che ri mo ya

釋迦

파파야 pa pa ya

木瓜

시계풀의 열매 si gye pu rui yeol mae

百香果

유자 yu ja

柚子

망고스틴 mang go seu tin

山竹果

스타후르츠 seu ta hu reu cheu

楊桃

미라클후르츠 mi ra keul hu reu cheu

神秘果 (蜜拉聖果)

아침에 사과를 먹으면 좋아요.

a chim e sa gwa reul meo geu myeon jo a yo

早上吃蘋果很好。

여름에는 항상 가족과 함께 수박을 먹어요.

yeo reum e neun hang sang ga jok gwa ham kke su ba geul meo geo yo

夏天時我都會跟家人一起吃西瓜。

복숭아 잼을 만들어 봐요.

bok sung a jaem eul man deu reo bwa yo

試做水蜜桃果醬看看。

어머니는 매실로 매실청을 만들어서 차도 마셔요.

eo meo ni neun mae sil lo mae sil cheong eul man deu reo seo cha do ma syeo yo

媽媽把梅子做成釀梅醋醬，也作成梅子茶來喝。

해산물
hae san mul
海鮮

 單字

새우 sae u

蝦

참치 cham chi

鮪魚

고등어 go deung eo

鯖魚

게 ge

螃蟹

오징어 o jing eo

烏賊

낙지/ 문어 nak ji mun eo

章魚

농어 nong eo

鱸魚

연어 yeon eo

鮭魚

복어 bo geo

河豚

해삼 hae sam

海參

갈치 gal chi

帶魚

해파리 hae pa ri

海蜇，水母

가재 ga jae

小龍蝦

광어 gwang eo

扁口魚

도미 do mi

鯛

꽁치 kkong chi

秋刀魚

조기 jo gi

黃魚

명태 myeong tae

明太魚

우럭 u reok

石斑魚

삼치 sam chi

馬鮫魚

홍합 hong hap

紅蛤

숭어 sung eo

鱒魚

농어 nong eo

鱸魚

참돔 cham dom

鯛魚

돌돔 dol dom

條石鯛

황돔 hwang dom

黃鯛

붉돔 buk dom

血鯛

방어 bang eo

鰤魚

홍어 hong eo

魟魚

멸치 myeol chi

日本鯷(小魚干)

청어 cheong eo

鯖魚，又名青花魚

준치 jun chi

曹白魚

전어 jeon eo

錢魚

잉어 ing eo

鯉魚

은어 eun eo

香魚

뱅어 baeng eo

魩仔魚，銀魚

연어 yeon eo

鮭魚

송어 song eo

鱒魚

대구 dae gu

鱈魚

아귀 a gwi

安康魚

날치 nal chi

飛魚

민어 min eo

石首魚

쥐치 jwi chi

絲背細鱗魨

병어 byeong eo

銀鯧

불가사리 bul ga sa ri

海星

성게 seong ge

海膽

멍게 meong ge

海鞘

패류 pae ryu

貝類

조개 jo gae

蛤蚌

전복 jeon bok

鮑魚

소라 so ra

海螺

대합 dae hap
蛤蜊

꼬막 kko mak
魁蛤

굴 gul
牡蠣，生蠔，蚵仔

게 ge
螃蟹

꽃게 kkot ge
海螃蟹

말린패주 mal lin pae ju
干貝

해조류 hae jo ryu
海藻類

미역 mi yeok
嫩海帶

파래 pa rae
石蓴

새우 sae u

蝦子

 句

겨울철에는 해산물이 아주 인기 있어요.

gyeo ul cheo re neun hae san mu ri a ju in gi i
seo yo

冬天時，海鮮很受歡迎。

그는 바닷가재를 요리해 주었어요.

geu neun ba dat ga jae reul lyo ri hae ju eo seo
yo

他做了一道龍蝦料理。

해물탕에는 새우와 게, 조개 등 해산물이 많이 들어 있어요.

hae mul tang e neun sae u wa ge, jo gae deung
hae san mu ri ma ni deu reo i seo yo

海鮮湯裡面放了蝦子，螃蟹和蛤蜊等許多海鮮。

서점

seo jeom

書店

 字

인터넷 서점 in teo net seo jeom

網路書局

중고 서점 jung go seo jeom

二手書店

시 si

詩

에세이 e se i

散文，隨筆，小品文

소설 so seol

小說

유아 yu a

幼兒

不學可惜的 韓語單字書

169

어린이 eo rin i

兒童

어린이 영어 eo rin i yeong eo

兒童英語

어린이 책 eo rin i chaek

兒童圖書

초등 학습 cho deung hak seup

國小學習

중고등 학습 jung go deung hak seup

國中高中學習

청소년 cheong so nyeon

青少年

예술 ye sul

藝術

대중문화 dae jung mun hwa

大眾文化

여행 yeo haeng

旅行

취미 chwi mi

興趣

스포츠 seu po cheu

運動

가정 ga jeong

家庭

생활 saeng hwal

生活

요리 yo ri

料理

잡지 jap ji

雜誌

건강 geon gang

健康

만화 man hwa

漫畫

외국어 oe gu geo

外語

사전 sa jeon
字典

과학 gwa hak
科學

비즈니스 bi jeu ni seu
商業

자연과학 ja yeon gwa hak
自然科學

기후학 gi ho hak
氣候學

언어학 eon eo hak
語言學

미학 mi hak
美學

심리 sim ni
心理

신화학 sin hwa hak

神話

철학 cheol hak
哲學

여성 yeo seong
女性

문화 mun hwa
文化

인문역사 in mun nyeok sa
人文歷史

종교 jong gyo
宗教

정치 jeong chi
政治

사회 sa hoe
社會

경제 gyeong je
經濟

경영 gyeong yeong
經營

不學可惜的
韓語單字書

173

자기계발 ja gi gye bal

自我開發

교육 gyo yuk

教育

법 beop

法律

외교 oe gyo

外交

국방 guk bang

國防

군사 gun sa

軍事

행정 haeng jeong

行政

수학 su hak

數學

물리학 mul li hak

物理學

화학 hwa hak

化學

생명과학 saeng myeong gwa hak

生命科學

뇌과학 noe gwa hak

腦科學

인체 in che

人體

천문학 cheon mun hak

天文學

지구과학 ji gu gwa hak

地球科學

예술사 ye sul sa

藝術史

건축 geon chuk

建築

미술 mi sul

美術

음악 eum ak

音樂

무용 mu yong

舞蹈

연극 yeon geuk

戲劇

공연 gong yeon

表演

영화 yeong hwa

電影

생활 saeng hwal

生活

 例 句

서점은 우체국 옆에 있어요.

seo jeom eun u che guk nyeo pe i seo yo

書店在郵局隔壁。

서점에서 일하고 있습니다.

seo jeom e seo il ha go it seum ni da

我在書局工作。

이 책을 찾고 있어요.

i chae geul chat go i seo yo

我在找這本書。

'시의여인'을 찾고 있어요.

si ui yeo in eul chat go i seo yo

我在找「詩的女人」這本書。

한중사전은 어디에 있어요?

han jung sa jeon eun eo di e i seo yo

韓中字典在哪邊?

외국어학습 책은 어디 있나요?

oe gu geo hak seup chae geun eo di in na yo

外語學習書在哪邊?

뇌연구와 관련된 책들이 많이 있어요.

noe yeon gu wa gwal lyeon doen chaek deu ri ma ni i seo yo

有跟多跟研究腦相關的書。

숙박

suk bak

住宿

單字

호텔 ho tel
飯店

풀빌라 pul bil la
度假別墅，酒店(pool villa)

콘도 corn do
公寓式飯店

비즈니스호텔 bi jeu ni seu ho tel
商務旅館

모텔 mo tel
汽車旅館

리조트 ri jo teu
渡假村

펜션 pen syeon

民宿村(有民宿居家風情的小規模旅店)；寄宿
學校

유스호스텔 you seu ho seu tel

青年旅館

게스트하우스 ge seu teu ha u seu

Guest House

리빙텔 ri bing tel

生活旅館(living tel)

고시텔 go si tel

考試旅館

고시원 go si won

考試院(提供給離開家鄉，準備考試、讀書、
求學之學生居住的單人雅房宿舍)

민박 min bak

民宿(收取一些費用供人借住的一般家庭，通
常是在海邊等觀光地)

여관 yeo gwan

旅館

홈스테이 homestay

寄宿家庭

기숙사 gi suk sa

宿舍

싱글 룸 sing geul rum

單床房(single room)

더블 룸 deo beul rum

雙人房(double room, 1張大床)

트윈 룸 teu win rum

雙人房(twin room, 2張小床)

스위트룸 seu wi teu rum

套房(suite room)

스튜디오 베드 룸

seu tyu di o be deu rum

影音套房(studio bed room)

트리플베드룸 teu ri peul be deu rum

三床房

4인 도미토리 sa in do mi to ri
四人宿舍

팁 tip
小費

보증금 bo jeung geum
保證金，押金

체크인 che keu in
辦理入住手續

체크아웃 che keu a ut
退房

찜질방 jjim jil bang
蒸氣浴，三溫暖

사우나 sa u na
三溫暖

바비큐 ba bi kyu
烤肉

오토 캠핑장 o to kaem ping jang
露營區

한옥 체험살이 han ok che heom sa ri

韓屋體驗

例 句

우리는 호텔에 머물렀어요.

u ri neun ho te re meo mul leo seo yo

我們住在飯店。

호텔 방 예약하셨나요?

ho tel bang ye yak a syeon na yo

飯店預約了嗎?

예약하려고요.

ye ya ka ryeo go yo

我想預約。

며칠 머무르실 예정입니까?

myeo chil meo mu reu sil ye jeong im mi kka

預計要停留幾天?

7일 머무를 예정입니다.

chil il meo mu reul ye jeong im mi da

我預計要待7天。

어떤 방을 원하세요?

eo tteon bang eul won ha se yo

您要哪種房間?

싱글 룸 부탁드립니다.

sing geul lum bu tak deu rim mi da

請給我單人房。

트윈 룸 부탁드립니다.

teu win lum bu tak deu rim mi da

請給我兩張床的雙人房。

더블 룸 부탁드립니다.

deo beul lum bu tak deu rip mi da

請給我一張床的雙人房。

하룻밤에 얼마예요?

ha rut ba me eol ma ye yo

一天晚上要多少?

하룻밤에 십만 원입니다.

ha rut ba me sip man won im mi da

一天晚上十萬。

예약 날짜가 어떻게 되나요?

ye yak nal jja ga eo tteo ke doe na yo

要預約什麼時候?

9월23일부터 9월 30일까지입니다.

gu wol i sip sam il bu teo gu wol sam sip il kka ji
im mi da

9月23日到9月30日。

체크인 하려고요.

che keu in ha ryeo go yo

我要辦理入住。

예약했어요?

ye ya kae seo yo

有預約嗎?

아니에요.

a ni e yo

沒有。

네. 예약했어요.

ne ye ya kae seo yo

有,有預約。

성함이 어떻게 되세요?

seong ha mi eo tteo ke dwe se yo

請問姓名是?

이민호 입니다.

i min ho im mi da

184

李敏鎬。

네, 있습니다.

ne it seum mi da

好，有的。

이쪽으로 오세요.

i jjo geu ro o se yo

請往這邊來。

체크아웃 하려고요.

che keu a ut ha ryeo go yo

我要辦理退房。

현금으로 계산하시겠어요? 신용카드로 계산하시겠어요?

hyeon geum eu ro gye san ha si ge seo yo sin nyong ka deu ro gye san ha si ge seo yo

要用現金還是信用卡?

현금으로 할게요.

hyeon geu meu ro hal ge yo

用現金。

신용카드로 할게요.

sin yong ka deu ro hal ge yo

用信用卡。

여기에 서명해 주세요.

yeo gi e seo myeong hae ju se yo

請在這邊簽名。

감사합니다.

gam sa ham mi da

謝謝。

제가 외출할 동안에 방을 청소해 주시 겠습니까?

je ga oe chul hal dong an e bang eul cheong so hae ju si get seum ni kka

我外出的時間中可以請你們打掃房間嗎？

따뜻한 물이 안 나와요.

tta tteu tan mu ri an na wa yo

沒有熱水。

베수구가 막혔어요.

be su gu ga mak yeo seo yo

排水孔堵塞了。

화장실 송풍구에서 담배 남새가 나요.

hwa jang sil song pung gu e seo dam bae nam sae ga na yo

化妝室的送風孔有菸味傳進來。

방을 바꿔 주세요.

bang eul ba kkwo ju se yo

我想換房間。

휴가 때는 야외에서 바비큐 파티를 해 요.

hyu ga ttae neun nya oe e seo ba bi kyu pa ti reul hae yo

放假的時候會舉辦野外烤肉餐會。

오토 캠핑장을 찾는 가족이 많아졌어 요.

o to kaem ping jang eul chan neun ga jo gi ma na jyeo seo yo

尋找汽車露營場的家庭越來越多。

온천 여관 좀 추천해 주세요.

on cheon nyeo gwan jom chu cheon hae ju se yo

請推薦我溫泉旅館。

온천욕을 하고 싶어요.

on cheon nyo geul ha go si peo yo

我想洗溫泉浴。

자연 세계

ja yearn se gye

自然萬物

 字

하늘 ha neul

天空

해 hae

太陽

달 dal

月亮

별 byeol

星星

구름 gu reum

雲

무지개 mu ji gae

彩虹

비 bi

雨

눈 nun

雪

바람 ba ram

風

바다 ba da

海

파도 pa do

海浪

물고기 mul go gi

魚

강 gang

江河

동물 dong mul

動物

식물 sik mul

植物

광물 gwang mul

礦物

나무 na mu

樹木

잎 ip

葉子

꽃 kkot

花

열매 yeol mae

果實

잔디 jan di

草地

산 san

山

화산 hwa san

火山

천수(샘물) cheon su saem mul

泉水

온천 on cheon

溫泉

태풍 tae pung

颱風

홍수 hong su

洪水

지진 ji jin

地震

쓰나미 sseu na mi

海嘯

빛 bit

光

공기 gong gi

空氣

물 mul

水

흙 heuk

土壤

우박 u bak
冰雹

들판 dl pan
田野

지구 ji gu
地球

은하 eun ha
銀河

우주 u ju
宇宙

例 句

해는 동쪽에서 뜨고 서쪽으로 진다.
hae neun dong jjo ge seo tteu go seo jjo geu ro jin da

太陽從東邊升起，西邊落下。

해 떨어지기 전에 돌아오세요.

hae tteo reo ji gi jeon e do ra o se yo

請在太陽下山之前回家。

요즘은 해가 일찍 진다.

yo jeum eun hae ga il jjik jin da

最近太陽比較早下山。

비 오니?

bi o ni

下雨了?

밖에 비가 오나요?

ba kke bi ga o na yo

外面有在下雨嗎?

네, 비가 왔어요.

ne, bi ga wa seo yo

有,下雨了。

아니요. 비 안 와요.

a ni yo bi an wa yo

沒有,沒有在下雨。

오늘 비가 너무 많이 온다.

o neul bi ga neo mu ma ni on da

今天雨下得真大。

하늘에 무지개가 떴어요.

ha neu re mu ji gae ga tteo seo yo

天空中有一道彩虹。

오늘 아침에 무지개 뜬 거 봤어요?

o neul ra chim e mu ji gae tteun geo bwa seo yo

你有看到今天早上天空的彩虹嗎?

눈이 오고 있어요.

nun i o go i seo yo

下雪了。

눈이 내리고 있어요.

nun i nae ri go i seo yo

現在正在下雪。

잎이 나기 시작했어요.

i pi na gi si jak ae seo yo

開始長葉子了。

소나무는 겨울에도 잎이 안 떨어져요.

so na mu neun gyeo u re do i pi an tteo reo jyeo
yo

松樹冬天時葉子也不會掉落。

단풍잎이 떨어지는 모습이 아름다워요.

dan pung i pi tteo reo ji neun mo seu bi a reum da wo yo

楓葉掉落的樣子很美。

활화산은 언제든지 폭발할 수 있다.

hwal hwa san eun eon je deun ji pok bal hal su it da

活火山隨時都可能爆發。

여름에 오는 태풍에 대비해야 해요.

yeo reum e o neun tae pung e dae bi hae ya hae yo

我們夏天要做好防颱措施。

맑은 날에는 하늘의 별들이 총총해요.

mal geun na re neun ha neu rui byeol deu ri chong chong hae yo

天氣晴朗的話會有很多星星閃耀。

추석날에 달 구경을 한다.

chu seong na re dal gu gyeong eul han da

中秋節時人們會賞月。

오늘 밤에는 보름달이 떴다.

o neul bam e neun bo reum da ri tteot da

今天晚上升起了滿月。

잎이 피었어요.

i pi pi eo seo yo

長出葉子了。

꽃이 피었습니다.

kko chi pi eot seum ni da

開花了。

열매를 맺었어요.

yeol mae reul mae jeo seo yo

結出果實了。

사람은 물과 공기가 없으면 살지 못한다.

sa ram eun mul gwa gong gi ga eop seu myeon sal ji mo tan da

人若沒有水和空氣就活不下去。

산이 좋아, 바다가 좋아?

san i jo a, ba da ga jo a

你喜歡山，還是喜歡海?

바닷가에서 갈매기 소리를 들으며 걸었어요.

ba dat ga e seo gal mae gi so ri reul deu reu myeo geo reo seo yo

我在海邊一邊散步一邊聽著海鷗的叫聲。

너는 나의 산소.

neo neun na ui san so

你是我的氧氣。

내 심장이 화산처럼 폭발해 버릴만큼 너를 사랑해.

nae sim jang i hwa san cheo reom pok bal hae beo ril man keum neo reul sa rang hae

我的心臟像火山快爆發一樣的愛著你。

물고기가 바다를 떠나면 못 살듯이 난 네가 필요해.

mul go gi ga ba da reul tteo na myeon mot sal deun ni nan ne ga pil lyo hae

就像魚若離開海會活不下去一般,我需要你。

별자리

星座

 字

양자리 yang ja ri
牡羊座

황소자리 hwang so ja ri
金牛座

쌍둥이자리 ssang dung i ja ri
雙子座

게자리 ge ja ri
巨蟹座

사자자리 sa ja ja ri
獅子座

처녀자리 cheo nyeo ja ri
處女座

천칭자리 cheon ching ja ri

天秤座

전갈자리 jeon gal ja ri

天蠍座

사수자리 sa su ja ri

射手座

염소자리 yeom so ja ri

摩羯座

물병자리 mul byeong ja ri

水瓶座

물고기자리 mul go gi ja ri

雙魚座

 例 句

무슨 별자리예요?

mu seun byeol ja ri ye yo

你是什麼星座?

저는 물고기자리예요.

jeo neun mul go gi ja ri ye yo

我是雙魚座。

저는 양자리예요.

jeo neun yang ja ri ye yo

我是牡羊座。

천칭자리는 냉정하고 스마트한 성격이에요.

cheon ching ja ri neun naeng jeong ha go seu ma teu han seong gyeo gi e yo

天秤座有冷靜且聰明的個性。

처녀자리는 섬세해요.

cheo nyeo ja ri neun seom se hae yo

處女座很仔細。

쌍둥이 자리는 활발하고 머리가 좋아요.

ssang dung i ja ri neun hwal bal ha go meo ri ga jo a yo

雙子座很活潑頭腦又好。

띠

tti

生肖

單 字

쥐 jwi

鼠

소 so

牛

호랑이 ho rang i

虎

토끼 to kki

兔

용 yong

龍

뱀 baem

蛇

말 mal
馬

양 yang
羊

원숭이 won sung i
猴

닭 dak
雞

개 gae
狗

돼지 dwae ji
豬

 例 句

무슨 띠예요 ?
mu seun tti ye yo
你屬什麼？

나는 닭띠예요. 당신은요?

na neun dak tti ye yo dang si neu nyo

我屬雞。你呢？

나는 양띠예요.

na neun yang tti ye yo

我屬羊。

2014년은 어떤 띠인가요?

2014nyeon eun eo tteon tti in ga yo

2014年是什麼生肖的年？

말띠입니다.

mal tti im ni da

馬年。

말은 온순하고 행동력이 뛰어나요.

ma reun on sun ha go haeng dong nyeo gi ttwi eo na yo

馬很溫馴且活動力非凡。

동물

dong mul

動物

 字

독수리 dok su ri

老鷹

새 sae

鳥

두루미 du ru mi

鶴

갈매기 gal me gi

海鷗

비둘기 bi dul gi

鴿子

오리 o ri

鴨

거위 geo wi

鵝

기러기 gi reo gi

雁

앵무새 aeng mu sae

鸚鵡

부엉이 bu eong i

貓頭鷹

사자 sa ja

獅子

호랑이 ho rang i

老虎

표범 pyo beom

豹，美洲豹

치타 chi ta

獵豹

양 yang

綿羊

염소 yeom so
山羊

영양 yeong yang
羚羊

노루 no ru
鹿

사슴 sa seum
梅花鹿

늑대 neuk dae
狼

자칼 ja kal
豺

여우 yeo u
狐狸

고양이 go yang i
貓

개 gae

狗

돼지 dwae ji

豬

코끼리 ko kki ri

大象

물고기 mul go gi

魚

고래 go rae

鯨魚

상어 sang eo

鯊魚

물개 mul gae

海狗

돌고래 dol go rae

海豚

바다사자 ba da sa ja

海獅

하마 ha ma

河馬

비버 bi beo

水獺

게 ge

螃蟹

조개 껍데기 jo gae kkeop de gi

貝殼

산호 san ho

珊瑚

공룡 gong nyong

恐龍

거북이 geo book i

烏龜

악어 ak eo

鱷魚

곰 gom

熊

팬더 paen deo

熊貓

토끼 to kki
兔子

기린 gi rin
長頸鹿

다람쥐 da ram jwi
松鼠

원숭이 won sung i
猴子

얼룩말 eol lung mal
斑馬

당나귀 dang na gwi
驢

캥거루 kaeng geo ru
袋鼠

코뿔소 ko ppul so
犀牛

고슴도치 go seum do chi
刺蝟

타조 ta jo

鴕鳥

공작 gong jak

孔雀

젖소 jeot so

乳牛

낙타 nak ta

駱駝

개구리 gae gu ri

青蛙

펭귄 peng gwin

企鵝

벌 beol

蜜蜂

나비 na bi

蝴蝶

매미 mae mi

蟬

개미 gae mi
螞蟻

개똥벌레 gae ttong beol re
螢火蟲

나방 na bang
蛾

파리 pa ri
蒼蠅

모기 mo gi
蚊子

바퀴벌레 ba kwi beol le
蟑螂

거미 geo mi
蜘蛛

왕잠자리 wang jam ja ri
蜻蜓

곤충 gon chung
昆蟲

꽃
kkot
花

單 字

장미 jang mi
玫瑰

코스모스 ko seu mo seu
波斯菊

개나리 gae na ri
迎春花

해바라기 hae ba ra gi
向日葵

민들레 min deul le
蒲公英

벚꽃 beot kkot

櫻花

튤립 tyul lip

鬱金香

국화 guk wa

菊花

백합 baek ap

百合花

무궁화 mu gung hwa

無窮花，木槿花(韓國國花)

연꽃 yeon kkot

蓮花

진달래 jin dal lae

杜鵑花

매화 mae hwa

梅花

목련 mong nyeon

木蓮花

난초 nan cho

蘭花

나팔꽃 na pal kkot

喇叭花，牽牛花

수국 su guk

繡球花，紫陽花

수선화 su seon hwa

水仙花

모란 mo ran

牡丹

동백 dong baek

山茶花

철쭉 cheol jjuk

山躑躅花

자정향 ja jeong hyang

紫丁香

백일홍 bae gil hong

百日紅

금잔화 geum jan hwa

金盞花

도라지 do ra ji

桔梗

초롱꽃 cho rong kkot

風鈴草

데이지 de i ji

雛菊

카네이션 ka ne i syeon

康乃馨

 句

가을철 길 옆에는 코스모스가 많이 피어 있어요.

ga eul cheol gil lyeo pe neun ko seu mo seu ga ma ni pi eo i seo yo

秋季時路邊開了許多波斯菊。

노란 개나리가 봄을 알리듯 폈어요.

no ran gae na ri ga bom eul ral li deut pyeo seo yo

金黃色的迎春花開了，如同在告訴人們春天到了一般。

어버이 날에는 부모님께 카네이션을 달아 드려요.

eo beo i na re neun bu mo nim kke ka ne i syeon eul da ra deu ryeo yo

父母節的時候會幫父母別上康乃馨花。

보석
bo seok
寶石

 字

다이아몬드 da i a mon deu
鑽石

금 geum
金

은 eun
銀

루비 ru bi
紅寶石

사파이어 sa pa i eo
藍寶石

에메랄드 e me ral deu
綠寶石

옥 ok

玉

비취 bi chwi

翡翠

마노 / 아게이트 ma no a ge i teu

瑪瑙

토파즈 to pa jeu

黃玉

남옥 nam ok

藍玉

호박 ho bak

琥珀

진주 jin ju

珍珠

수정 / 크리스탈

su jeong keu ri seu tal

水晶

자수정 ja su jeong

紫水晶

백수정 baek su jeong

白水晶

황수정 hwang su jeong

黃水晶

장미수정 / 핑크 크리스탈

jang mi su jeong ping keu keu ri seu tal

玫瑰水晶／粉紅水晶

크리스탈 keu ri seu tal

水晶

묘안석 myo an seok

貓眼石

오팔 o pal

蛋白石

가넷 ga net

石榴石

페리도트 pe ri do teu

橄欖石

터키석 teo ki seok

綠松石

큐빅 kyu bik

水鑽

탄생석 tan saeng seok

誕生石

스와로브스키 seu wa ro beu seu ki

施華洛世奇

터키석 teo ki seok

土耳其石

 例 句

탄생석에 따라 의미가 있어요.

tan saeng seo ge tta ra ui mi ga i seo yo

誕生石各有不同的意義。

자수정은 귀족의 상징이었대요.

ja su jeong eun gwi jo gui sang jing i eot dae yo

紫水晶聽説以前是貴族的象徵。

보석 중에는 다이아몬드가 최고죠.

bo seok jung e neun da i a mon deu ga choe go jyo

寶石當中鑽石是最棒的囉。

해변

hae byeon

海邊

 字

바다 ba da

海

파도 pa do

海浪

비치 bi chi

沙灘

모래 mo rae

沙子

조개 껍데기 jo gae kkeop de gi

貝殼

비키니 bi ki ni

比基尼

물놀이 mul no ri

玩水

비치볼 bi chi bol

沙灘排球

해수욕장 hae su yok jang

海水浴場

배 bae

船

모랫둑 mo raet duk

沙堤

햇빛 haet bit

陽光

양산 yang san

陽傘

파라솔 pa ra sol

大型遮陽傘

자외선 차단제 / 선크림

ja oe seon cha dan je / seon keu rim

防曬乳

선탠 seon taen

曬黑

 例 句

선크림 발랐어요?

seon keu rim bal la seo yo

你有塗防曬乳了嗎?

까먹었어요.

kka meo geo seo yo

我忘了。

집에서 선크림 가져오는 걸 잊어버렸어!

ji be seo seon keu rim ga jyeo o neun geol ri jeo beo ryeo seo

我忘了把防曬乳帶出門!

내꺼 써.

nae kkeo sseo

用我的。

발라 줘.

bal la jwo

幫我擦。

바다가 너무 아름다워요.

ba da ga neo mu a reum da wo yo

海邊真是太美了。

물이 깨끗해요.

mu ri kkae kkeu tae yo

水很乾淨。

바람이 시원해요.

ba ra mi siwon hae yo

風好舒服。

해변을 보면서 파라솔 아래서 저녁 식사를 했어요.

hae byeon eul bo myeon seo pa ra sol ra rae seo
jeo nyeok sik sa reul hae seo yo

在大陽傘下看著海吃晚餐。

한국의 서해안에서 아이들이 갯벌 체험을 해요.

han gu gui seo hae an e seo a i deu ri gaet beol
che heom eul hae yo

孩子們在韓國西海岸玩漁村體驗。

여름에는 해수욕장에 사람이 많아요.

yeo reum e neun hae su yok jang e sa ram i ma
na yo

夏天時海水浴場人很多。

찜질방
jjim jil bang
蒸氣浴

 字

사우나 sa u na
三溫暖

찜질복 jjim jil bok
汗蒸幕衣

타월 ta ul
浴巾

수건 su geon
毛巾

등밀이 deung mi ri
搓澡布

때 ttae
汗垢

면봉 myeon bong

棉花棒

헤어 드라이기 he eo deu ra i gi

吹風機

식혜 si kye

甜酒釀

열쇠 yeol soe

鑰匙

사물함 sa mul ham

置物櫃

탈의실 tal ui sil

更衣室

목욕탕 mok yok tang

浴池

남탕 nam tang

男湯

여탕 yeo tang

女湯

수면실 su myeon sil

睡眠室

찜질방 계란 jjim jil bang gye ran

蒸氣浴茶葉蛋

황토 찜질방 hwang to jjim jil bang

黃土蒸氣房

양머리 yang meo ri

綿羊頭(把毛巾捲起戴在頭上,像有綿羊角一樣的可愛造型)

 例 句

MP3 120

때 밀어 주세요.

ttae mi reo ju se yo

請幫我搓汗垢。

자기의 때는 자기의 책임이에요.

ja gi ui ttae neun ja gi ui chae gim i e yo

自己的汗垢要自己負責啊。

농담이에요.

nong dam i e yo

我是開玩笑的。

해줄게.

hae jul ge

我幫你。

아, 아파.

a a pa

啊，好痛。

살살히 해.

sal sal hi hae

輕一點。

알았어.

a ra seo

知道了。

수건으로 양머리를 만들어 주세요.

su geon eu ro yang meo ri reul man deu reo ju se yo

幫我用毛巾做成綿羊頭。

만들어 줄게.

man deu reo jul ge

好我做給你。

와, 대단해요.

wa dae dan hae yo

挖，好厲害。

써 봐요.

sseo bwa yo

你戴戴看。

아까 썼어요.

a kka sseo seo yo

我剛才戴過了。

난 못 봤어.

nan mot bwa seo

我沒有看到。

귀여워요

gwi yeo wo yo

好可愛。

사우나 후에 차가운 식혜를 마셔요.

sa u na hu e cha ga un sik ye reul ma syeo yo

我們洗完三溫暖去喝涼爽的甜酒釀。

구운 계란 3개 주세요.

gu un gye ran sae gae ju se yo

三顆滷蛋。

집

jip

家

 字

방 bang

房間

거실 geo sil

客廳，起居室

사랑방 sa rang bang

舍廊房，廂房，客房，愛之房(主人為了接待客人所準備的，可供住宿的房間，通常為和式)

침실 chim sil

寢室

안방 an bang

主臥室，內房

옷장 ot jang

衣櫥

서재 seo jae

書房，書齋

현관 hyeon gwan

玄關

부엌 / 주방 bu eok ju bang

廚房

식탁 sik tak

餐桌

아침 식사 a chim sik sa

早餐（簡稱아침）

아점 a jeom

早午餐

점심식사 jeom simsik sa

午餐（簡稱점심）

저녁식사 jeo nyeoksik sa

晚餐（簡稱저녁）

야식 ya sik

宵夜

베란다 be ran da

陽台

책장 chaek jang

書櫃

샤워실 sya wo sil

浴室

화장실 hwa jang sil

化妝室

변기 byeon gi

馬桶

창고 chang go

倉庫

소파 so pa

沙發

청소기 cheong so gi

吸塵器

냉장고 naeng jang go

冰箱

세탁기 se tak gi

洗衣機

선풍기 seon pung gi

電風扇

옷장 ot jang

衣櫃

신발장 sin bal jang

鞋櫃

정수기 jeong su gi

淨水器，飲水機

샤워기 sya wo gi

蓮蓬頭

다용도실 da yong do sil

多用途室，多功能空間

식당 sik dang

餐廳

침대 chim dae

床

이불 i bul

棉被

베개 be gae

枕頭

침구 chim gu

寢具

담요 dam nyo

毯子

수도꼭지 su do kkok ji

水龍頭

샤워기 sya woe gi

蓮蓬頭

스파 seu pa

溫泉，Spa

욕조 yok jo

浴缸

전화기 jeon hwa gi

電話

텔레비전 tel le bi jeon

電視

컴퓨터 keom pyu teo

電腦

인터넷 in teo net

網路

에어컨 e eo keon

空調，冷氣機

리모컨 ri mo keon

遙控器

히터 hi teo
暖氣

난방 nan bang
暖房，暖氣

세탁기 se tak gi
洗衣機

탈수기 tal su gi
脫水機

문 mun
門

의자 ui ja
椅子

소파 so pa
沙發

서랍 seo rap
抽屜

알람시계 al lam si gye
鬧鐘

수납장 su nap jang

收納櫃

화장대 hwa jang dae

梳妝台

선반 seon ban

架子

장롱 jang nong

大衣櫃

진열장 jin nyeol jang

展示櫃

장식장 jang sik jang

裝飾櫃，壁櫥

책상 chaek sang

書桌

싱크대 sing keu dae

水槽

세면대 se myeon dae

洗手台

액자 aek ja

畫框

의류 ui ryu

衣裳

건조기 geon jo gi

乾燥機

식기 건조기 sik gi geon jo gi

烘碗機

의류 건조기 ui ryu geon jo gi

烘衣機

빨래 건조대 ppal lae geon jo dae

曬衣架

빨랫줄 ppal laet jul

曬衣繩

옷걸이 ot geo ri

衣架

세수하다 se su ha da

梳洗

머리를 빗다 meo ri reul bit da

梳頭髮

화장하다 hwa jang ha da

化妝

옷을 입다 os eul rip da

穿衣服

장보다 jang bo da

買菜

바구니 ba gu ni

籃子，菜籃

쌀을 씻다 ssa reul ssit da

洗米

밥을 짓다 ba beul jit da

煮飯

채소를 씻다 chae so reul ssit da

洗菜

식칼 sik kal

菜刀

도마 do ma

砧板

요리하다 yo ri ha da

做菜，料理

국을 끓이다 gu geul kkeu ri da

熬湯

찌다 jji da

蒸

삶다 sam da

煮，烹，燉

볶다 bok da

炒

굽다 gup da

烤，燒

지지다 ji ji da

煎

비비다 bi bi da

拌

절이다 jeo ri da

醃漬

썰다 sseol da

切

다지다 da ji da

剁碎

데치다 de chi da

川燙

끓이다 kkeu ri da

煮，煮沸

튀기다 twi gi da

炸

익다 ik da

醃

재료 jae ryo

材料

버무리다 beo mu ri da

和一和，拌一拌

참기름 cham gi reum

香油，麻油

양념 yang nyeom

調味料

간장 gan jang

醬油

고추장 go chu jang

辣椒醬

케찹 ke chap

番茄醬

후추 hu chu

黑胡椒

뿌리다 ppu ri da

撒

대파 dae pa

大蔥

넣다 neo ta

放

샤워를 하다 sya wo reul ha da

淋浴

빨래집게 ppal lae jip ge

曬衣夾

가스 ga seu

瓦斯

가스렌지 ga seu ren ji

瓦斯爐

오븐 o beun

烤箱

냄비 naem bi

鍋子

그릇 geu reut

碗

접시 jeop si

盤，碟子

젓가락 jeot ga rak

筷子

숟가락 sut ga rak

湯匙

포크 po keu

叉子

컵 keop

杯子

쟁반 jaeng ban

托盤

전기레인지 jeon gi re in ji

電磁爐

콘센트 kon sen teu

插座

캔 따개 kaen tta gae

開罐器

양초 yang cho

蠟燭

쓰레기통 sseu re gi tong

垃圾桶

난방기 nan bang gi
電暖爐

가습기 ga seup gi
加溼機

제습기 je seup gi
除濕機

밥솥 bap sot
電鍋，飯鍋

스위치 seu wi chi
電燈開關

전화 jeon hwa
電話

손전등 son jeon deung
手電筒

뒤집개 dwi jip gae
鍋鏟

진공청소기 jin gong cheong so gi
吸塵器

벽 byeok

牆

벽지 byeok ji

壁紙

세수대야 se su dae ya

洗臉盆

세탁대야 se tak dae ya

洗衣盆

세제 se je

洗衣精

온수기 on su gi

熱水器

창 chang

窗

例 句

일어나요!

i reo na yo

起床!

일어났어요.

i reo na seo yo

我起床了。

알람 좀 꺼주세요.

al lam jom kkeo ju se yo

請把鬧鐘關掉。

또 늦잠 잤어요?

tto neut jam ja seo yo

你又賴床了?

이불 정리했어요?

i bul jeong ni hae seo yo

有摺好棉被了嗎?

이를 닦았어요?

i reul da kka seo yo

刷過牙了嗎?

내 셔츠 벌써 말랐어요?

nae syeo cheu beol sseo mal la seo yo

我的襯衫已經乾了嗎?

이 옷 드라이클리닝 해 주세요.

i ot deu ra i keul li ning hae ju se yo

這件衣服請送乾洗。

옷을 옷걸이에 걸다.

os eul rot geo ri e geol da

把衣服掛在衣架上。

내 외투를 옷걸이에 걸어주세요.

nae oe tu reul rot geo ri e geo reo ju se yo

請幫我把外套用衣架掛好。

샤워기를 틀었다.

sya wo gi reul teu reot da

打開蓮蓬頭(的水)。

샤워기를 언제 고칠 예정이에요?

sya wo gi reul reon je go chil rye jeong i e yo

預計什麼時候修理蓮蓬頭呢?

그는 수건들을 빨랫줄에 내어 널었다.

geu neun su geon deu reul ppal laet ju re nae eo neo reot da

她把毛巾晾在曬衣繩上。

옷이 다 말랐으면 걷어요.

on ni da mal la seu myeon geo deo yo

如果衣服都乾了就請收下來。

집에 가고 싶어요.

ji be ga go si peo yo

我想回家。

집에 있어요.

ji be i seo yo

我在家裡。

목욕하고 있어요.

mong nyok a go i seo yo

我在洗澡。

얼굴에 팩을 하고 있어요.

eol gu re pae geul ha go i seo yo

我在敷臉。

화장대를 정리해요.

hwa jang dae reul jeong ni hae yo

我整理化妝台。

가스밸브를 잠궜는지 확인해요.

ga seu bael beu reul jam gwon neun ji hwa gin hae yo

確認一下瓦斯的開關閥門有沒有關。

운동경기

un dong gyeong gi

運動競賽

 字

농구 nong gu

籃球

배구 bae gu

排球

축구 chuk gu

足球

배드민턴 bae deu min teon

羽球

테니스 te ni seu

網球

탁구 tak gu

桌球，乒乓球

사이클 sa i keul

自行車

승마 seung ma

騎馬

야구 ya gu

棒球

양궁 yang gung

射箭

요트 yo teu

遊艇

유도 you do

柔道

태권도 tae gwon do

跆拳道

카라테 ka ra te

空手道

복싱 bok sing

拳擊

레슬링 re seul ring

摔角

검술 geom sul

劍術

볼링 bol ling

保齡球

럭비 reok bi

橄欖球

하키 ha ki

曲棍球

조깅 jo ging

慢跑

춤 chum

跳舞

수영 su yeong

游泳

파도타기 pa do ta gi

衝浪

다이빙 da i bing

跳水

수중 발레 su jung bal le

水中芭雷

체조 che jo

體操

리듬 체조 ri deum che jo

韻律體操

롤러블레이드 rol leo beul le i deu

直排輪

스케이트 seu ke i teu

溜冰

스피드 인라인 seu pi deu in la in

速度滑冰

피겨스케이트 pi gyeo seu ke i teu

花式溜冰

스키 seu ki

滑雪

수상 스키 su sang seu ki

滑水

에어로빅 e eo ro bik

有氧舞蹈

헬스 hel seu

健身

인디카레이싱 in di ka re i sing

方程式賽車

 句

피겨스케이트 배우고 있어요.

pi gyeo seu ke i teu bae u go i seo yo

我正在學花式溜冰。

스키 탈 줄 알아요?

seu ki tal jul ra ra yo

你會滑雪嗎?

축구해요?

chuk gu hae yo

你踢足球嗎?

당연하지.

dang yeon ha ji

當然。

잘해요?

jal hae yo

很厲害嗎?

물론이죠.

mul lon i jyo

當然囉。

나쁘지 않아요.

na ppeu ji a na yo

還不錯。

근육 운동이 필요할 땐 헬스가 좋아요.

geun nyuk gun dong i pil lyo hal ttaen hel seu ga jo a yo

需要肌肉運動時做健身蠻好的。

아침에 조깅해요.

a chim e jo ging hae yo

早上我會跑步。

여가활동
yeo ga hwal dong
休閒活動

單 字

장기 jang gi
象棋；將棋

체스 che seu
西洋棋

요리 yo ri
料理

원예 won ye
園藝

화훼 재배 hwa hwe jae bae
花卉栽培

수제 su je
手製，手工藝

독서 dok seo

閱讀

감상 gam sang

鑑賞

음악 감상 eum ak gam sang

音樂欣賞

돌 수집 dol su jip

收集石頭

보물 감상 bo mul gam sang

寶物鑑賞

작품 관람 jak pum gwal lam

看展覽

리뷰 ri byu

評論，書評

그림 geu rim

畫

바둑 ba duk

圍棋

말판 mal pan

跳棋

승마 seung ma

騎馬

벽화 그리기 byeok wa geu ri gi

畫壁畫

등산 deung san

登山

암벽타기 am byeok ta gi

攀岩

뜨개질 tteu gae jil

編織，織毛線

 例 句

체스 둘 줄 아십니까?

che seu dul jul ra sim ni kka

你會玩西洋棋嗎？

장기 둘 줄 알아요?

jang gi dul jul ra ra yo

你會玩象棋嗎?

원예는 내가 가장 좋아하는 여가활동 이에요.

won ye neun nae ga ga jang jo a ha neun nyeo ga hwal dong i e yo

園藝是我最喜歡的休閒活動。

시를 감상하는 것을 좋아해요.

si reul gam sang ha neun geos eul jo a hae yo

我喜歡欣賞詩作。

암벽타기를 하면서 스트레스도 풀어 요.

am byeok ta gi reul ha myeon seo seu teu re seu do pu reo yo

攀岩來釋放壓力。

쿠키를 굽고 선물 주는 걸 좋아해요.

ku ki reul gup go seon mul ju neun geol jo a hae yo

我喜歡烤餅乾然後當作禮物送人。

월

wol

月份

 字

일월 il wol

一月

이월 i wol

二月

삼월 sam wol

三月

사월 sa wol

四月

오월 o wol

五月

유월 yu wol

262

六月

칠월 chil wol

七月

팔월 pal wol

八月

구월 gu wol

九月

시월 si wol

十月

십일월 sip il wol

十一月

십이월 sip i wol

十二月

요일

yo il

星期

 單字

월요일 wol yo il

星期一

화요일 hwa yo il

星期二

수요일 su yo il

星期三

목요일 mok yo il

星期四

금요일 geum yo il

星期五

토요일 to yo il

星期六

일요일 il yo il

星期日

 例 句

오늘 무슨 요일이에요 ?

o neul mu seun yo i ri e yo

今天星期幾？

오늘 금요일이에요.

o neul geum yo il i e yo

今天星期五。

벌써 12월이야.

beol sseo sipiwo ri ya

已經12月了。

내년 1월에는 새로운 목적을 세워야겠어.

nae nyeon ilwo re neun sae ro un mok jeo geul se wo ya ge seo

應該要來定明年1月的計畫了。

숫자

sut ja

數字

 單 字

영/공 yeong/gong

0

일/하나 il/ha na

1

이/둘 i/dul

2

삼/셋 sam/set

3

사/넷 sa/net

4

오/다섯 o/da seot

5

육/여섯 yuk/yeo seot

6

칠/일곱 chil/il gop

7

팔/여덟 pal/yeo deol

8

구/아홉 gu/a hop

9

십/열 sip/yeol

10

십일/열하나 si bil/yeol ha na

11

십이/열둘 si bi/yeol dul

12

십삼/열셋 sip sam/yeol set

13

십사/열넷 sip sa/yeol net

14

십오/열다섯 sip o/yeol da seot

15

십육/열여섯 sip yuk/yeol yeo seot

16

십칠/열일곱 sip chil/yeol il gop

17

십팔/열여덟 sip pal/yeol yeo deolp

18

십구/열아홉 sip gu/yeol a hop

19

이십/스물 i sib/seu mul

20

삼십/서른 sam sib/seo reun

30

사십/마흔 sa sip/ma heun

40

오십/쉰 o sip/swin

50

육십/예순 yuk sip/ye sun

60

칠십/일흔 chil sip/il heun

70

팔십/여든 pal sip/yeo deun

80

구십/아흔 gu sip/a heun

90

백 baek

百

천 cheon

千

만 man

萬

십만 sip man

十萬

백만 baek man

百萬

천만 cheon man
千萬

억 eok
億

조 jo
兆

 例 句

몇 살이에요 ?
myeot sal i e yo

你幾歲？

스물네 살이에요.
seu mul ne sal i e yo

我24歲。

가족이 몇 명이에요?
ga jo gi myeot myeong i e yo

你家有幾個人？

다섯 명이에요.

da seot myeong i e yo

五個人。

핸드폰 번호 좀 알려 주세요.

haen deu pon beon ho jom al lyeo ju se yo

請告訴我你的電話號碼。

공일공 이칠삼이 팔오일공

gong il gong i chil sam i pal o il gong

010 2732 8510

핸드폰 번호가 몇 번이에요?

haen deu pon beon ho ga myeot beon i e yo

你的手機號碼幾號?

공구팔팔 이삼오 구공일

gong gu pal pal ri sam o gu gong il

0988 235 901

지금 몇 시예요?

ji geum myeot si ye yo

現在是幾點?

여덟 시 십분이에요.

yeo deol si sip bun i e yo

8點10分。

네 시 반이에요.

ne si ban i e yo

4點半。

일곱 시 오십삼 분이에요.

il gop si o sip sam bun i e yo

7點53分。

오늘 몇 월 며칠이에요 ?

o neul myeot wol myeo chil i e yo

今天是幾月幾號？

오늘은 시월 이일이에요.

o neu reun si wol i ri e yo

今天是10月2日。

생일은 언제예요 ?

saeng i reun eon je ye yo

你的生日是什麼時候？

내 생일은 삼월 십육일이에요.

nae saeng il reun sam wol sip byuk gil ri e yo

我的生日是3月16日。

얼마예요 ?

eol ma ye yo

多少？

만 원이에요.

man won i e yo

10000元。

키가 얼마나 되세요?

ki ga eol ma na doe se yo

你的身高是多少?

(187cm)백팔십칠 센티미터예요.

(187cm)baek pal sip chil sen ti mi teo ye yo

我187公分。

저는(170cm)백칠십 센티예요.

(170cm)baek yuk sip sen ti ye yo

我170。

체중은 어떻게 됩니까?

che jung eun eo tteo ke doem mi kka

你體重幾公斤?

저는 칠십삼 킬로그램입니다.

jeo neun chil sip sam kil lo geu raem im ni da

我73公斤。

저는 오십오 킬로예요.

jeo neun o sip o i kil lo ye yo

我55公斤。

주소가 어떻게 돼요?

ju so ga eo tteo ke dwae yo

請問您的地址是?

서울특별시 종로 141번지예요.

seo ul teuk byeol si jong no 141beon ji ye yo

首爾特別市鍾路141號。

사무실 전화 번호를 적으세요.

sa mu sil jeon hwa beon ho reul jeo geu se yo

請寫下您的公司電話給我。

공이 오오구 사이육구

gong i o o gu sa i yuk gu

02 559 4269

신체

sin che

身體

 字

몸 mom

身體

머리 meo ri

頭

목 mok

脖子

어깨 eo kkae

肩膀

겨드랑이 gyeo deu rang i

腋下，胳肢窩

가슴 ga seum

胸部

팔 pal
手臂

배 bae
肚子

허리 heo ri
腰

등 deung
背

엉덩이 eong deong i
臀部

다리 da ri
腿

허벅지 heo beok ji
大腿

무릎 mu reup
膝蓋

종아리 jong a ri
小腿

발목 bal mok
腳踝

발 bal
腳

손 son
手

손가락 son ga rak
手指頭

손톱 son top
指甲

얼굴 eol gul
臉

볼, 뺨 bol ppyam
臉頰，雙頰

이마 i ma
額頭

눈썹 nun sseop
眉毛

눈 nun

眼睛

속눈썹 sok nun sseop

眼睫毛

코 ko

鼻子

입 ip

嘴巴

입술 ip sul

嘴唇

윗 입술 wit ip sul

上嘴唇

아랫 입술 a raet ip sul

下嘴唇

혀 hyeo

舌頭

치아 chi a

牙齒

턱 teok

下巴

귀 gwi

耳朵

목 mok

脖子，頸

결후 gyeol hu

喉結

눈썹 nun sseop

眉毛

이마 i ma

額頭

쌍꺼풀 ssang kkeo pul

雙眼皮

외꺼풀 oe kkeo pul

單眼皮

보조개 bo jo gae

酒窩

볼 bol

臉頰

종아리 jong a ri

小腿

허벅지 heo beok ji

大腿

배꼽 bae kkop

肚臍

턱 teok

下巴

팔꿈치 pal kkum chi

手肘

발바닥 bal ba dak

腳掌，腳底

손목 son mok

手腕

눈동자 nun dong ja

瞳仁，瞳孔

손바닥 son ba dak
手掌

광대뼈 gwang dae ppyeo
顴骨

허리 heo ri
腰

발가락 bal ga rak
腳趾

다리 da ri
腿，橋

뼈 ppyeo
骨頭

살 sal
肉

근육 geun nyuk
肌肉

신경 sin gyeong
神經

혈관 hyeol gwan
血管

요추 , 척추골
yo chu tp cheok chu gol
腰脊，脊椎骨

장기 jang gi
臟器，內臟器官

뇌 noe
腦

우뇌 u noe
右腦

좌뇌 jwa noe
左腦

심장 sim jang
心臟

폐 pye
肺

간 gan

肝臟

위 wi

胃

신장 sin jang

腎臟

대장 dae jang

大腸

소장 so jang

小腸

맹장 maeng jang

盲腸

식도 sik do

食道

췌장 chwe jang

胰腺

비장 bi jang

脾

방광 bang gwang

膀胱

쓸개 sseul gae

膽囊

항문 hang mun

肛門

갑상선 gap sang seon

甲狀腺

  例 句

핑크빛 두 뺨이 귀여워요.

ping keu bit du ppyam i gwi yeo wo yo

粉紅的臉頰真可愛。

도톰한 입술이 섹시해요.

do tom han ip su ri sek si hae yo

飽滿的嘴唇很性感。

그녀는 인조 속눈썹을 달고 있어요.

geu nyeo neun in jo song nun sseo beul dal go i
seo yo

她有戴假睫毛。

그는 속눈썹이 길어요.

geu neun song nun sseo bi gi reo yo

他的眼睫毛很長。

속눈썹이 나 보다 더 길어요.

song nun sseo bi na bo da deo gi reo yo

眼睫毛比我長。

눈이 예뻐요.

nun i ye ppeo yo

眼睛很漂亮。

그는 쌍꺼풀이 없어요.

geu neun ssang kkeo pul ri eop seo yo

他是單眼皮。

이제는 외꺼풀이 대세!

i je neun oe kkeo pu-ri dae se

現在單眼皮是主流(大勢)耶！

발바닥이 아파서 오래 걸을 수 없어요.

bal ba da gi a pa seo o rae geo reul su eop seo yo

我腳掌在痛所以不能走太久。

각종 표정 과 동작

gak jong pyo jeong gwa dong jak

各種表情與動作

 字

보다 bo da

看

듣다 deut da

聽

말하다 mal ha da

說

쓰다 sseu da

寫

맞다 mat da

聞

만지다 man ji da

摸，觸

웃다 ut da

笑

울다 ul da

哭

깜박하다 kkam bak a da

眨眼

서다 seo da

站

앉다 an da

坐

눕다 nup da

躺

엎드리다 eop deu ri da

趴

옆으로 눕다 yeop peu ro nup da

側臥

쭈그리고 앉다 jju geu ri go an da

蹲

걷다 geot da

走

뜀뛰다 ttwim ttwi da

跳躍

엎드려 팔굽혀 펴기

eop deu ryeo pal gu pyeo pyeo gi

伏地挺身

윗몸 일으키기 win mom i reu ki gi

仰臥起坐

들어 올리다 deu reo ol li da

擧重

밀다 mil da

推

당기다 dang gi da

拉

날다 nal da

飛

뛰다 ttwi da

跑

뛰어넘다 ttwi eo neom da

跳

기어 오르다 gi eo o reu da

攀

기다/ 기어다니다

gi da /gi eo da ni da

爬

 例 句

목이 말라요.

mo gi mal la yo

好渴。

배고파요.

bae go pa yo

好餓。

MP3
150

하품을 해요.

ha pu meul hae yo

打哈欠。

기지개 좀 켜보세요.

gi ji gae jom kyeo bo se yo

伸伸懶腰。

기침이 나요.

gi chim i na yo

咳嗽。

재채기를 해요.

jae chae gi reul hae yo

打噴嚏。

코가 막혀요.

ko ga ma kyeo yo

鼻塞。

콧물을 흘려요.

kot mu reul heu ryeo yo

流鼻水。

감기 걸렸어요.

gam gi geol lyeo seo yo

感冒了。

심장질환이 있습니다.

shim jang jil hwan i it seum ni da

我有心臟病。

온몸이 쑤셔요.

on mom i ssu syeo yo

全身痠痛。

등이 가렵다.

deung i ga ryeop da

背部發癢。

배가 나왔어.

bae ga na wa seo

小腹跑出來了。

땀을 많이 흘리시는군요.

tta meul ma ni heul li si neun gun nyo

你流好多汗喔。

머리에 비듬이 심해요.

meo ri e bi deu mi shim hae yo

頭皮屑很多。

졸려요.

jol lyeo yo

好睏啊。

강아지가 졸고 있다.

gang a ji ga jol go it da

小狗在打盹。

어지러워요.

eo ji reo woe yo

頭暈。

간지러워요.

gan ji reo woe yo

好癢喔。

쓰러졌어요.

sseu reo jyeo seo yo

昏倒了。

자냐?

ja nya

睡了嗎?

자야지.

ja ya ji

該睡了。

고양이가 자고 있어요.

go yang i ga ja go i seo yo

貓咪在睡覺。

눈을 감고 노래했어요.

nun eul gam go no rae hae seo yo

閉著眼睛唱歌。

눈 뜨세요.

nun tteu se yo

請睜開眼睛。

뜨고 있어요.

tteu go i seo yo

我睜開著啊。

입 냄새가 심해요.

ip naem sae ga sim hae yo

口臭很嚴重。

누가 요리하고 있어요? 고소하다.

nu ga yo ri ha go i seo yo go so ha da

誰在煮菜?好香啊。

향기롭다.

hyang gi rop da

很香。

박수!

bak su

拍手!

악수!

ak su

握手！

건강하세요.

geon gang ha se yo

請保持健康，請保重。

몸이 안 좋아요.

mom i an jo a yo

我身體不好。

교실 안에선 뛰지 마세요.

gyo sil ran e seon ttwi ji ma se yo

請不要在教室裡奔跑。

힘들면 기대앉아요.

him deul myeon gi dae an ja yo

累的話可以背靠著椅背坐。

맛

mat

味道

 字

달다 dal da

甜

짜다 jja da

鹹

시다 si da

酸

쓰다 sseu da

苦

맵다 maep da

辣

싱겁다 sing geop da

清淡

느끼하다 neu kki ha da

油膩

고소하다 go so ha da

香，香噴噴

달콤하다 dal kom ha da

甜蜜

매콤하다 mae kom ha da

香辣，稍辣

달아요.

da ra yo

好甜。

짜요.

jja yo

好鹹。

써요.

sseo yo

好苦。

매워요.

mae woe yo

好辣。

맛이 어때요 ?

ma si eo ttae yo

味道如何？

맛이 별로예요.

ma si byeol lo ye yo

味道普通。

어떤 맛이에요 ?

eo tteon ma si e yo

這是什麼味道？

달고 조금 시다.

dal go jo geum si da

甜甜的，有點酸。

맛있어요?

ma si sseo yo

好吃嗎？

괜찮아요.

gwaen cha na yo

還不錯。

이건 달아요.

i geot da ra yo

這個甜甜的。

맛있어요.

ma si sseo yo

好吃。

소금을 안 넣어서 싱거워요.

so geum eul ran neo eo seo sing geo wo yo

沒有放鹽味道很淡。

한국 사람들은 매콤한 걸 좋아해요.

han guk sa ram deu reun mae kom han geol jo a hae yo

韓國人喜歡辣味的食物。

몸에 좋은 음식은 써요.

mo me jo eun eum si geun sseo yo

對身體好的食物會苦。

가족호칭
ga jok o ching
家族稱謂

 單 字

할아버지 ha ra beo ji
爺爺

할머니 hal meo ni
奶奶

외할아버지 oe ha ra beo ji
外公

외할머니 oe hal meo ni
外婆

아버지 a beo ji
爸爸

아빠 a ppa
爸(口語)

어머니 eo meo ni
媽媽

엄마 eom ma
媽(口語)

형 hyeong
哥哥(男生叫哥哥)

오빠 op pa
哥哥(女生叫哥哥)

누나 nu na
姐姐(男生叫姐姐)

언니 eon ni
姐姐(女生叫姐姐)

동생 dong saeng
弟弟妹妹

남동생 nam dong saeng
弟弟

여동생 yeo dong saeng
妹妹

사촌 형 sa chon hyeong

堂/表哥(男生用語)

사촌 오빠 sa chon op pa

堂/表哥(女生用語)

사촌 누나 sa chon nu na

堂/表姐(男生用語)

사촌 언니 sa chon eon ni

堂/表姐(女生用語)

사촌 동생 sa chon dong saeng

堂/表弟/妹

외사촌 oe sa chon

表兄弟姊妹 (統稱母親家族那邊)

형수 hyeong su

嫂嫂

남편 nam pyeon

丈夫

아내 a nae

妻子

아들 a deul

兒子

딸 ttal

女兒

여자친구 yeo ja chin gu

女朋友

여친 yeo chin

女友

남자친구 nam ja chin gu

男朋友

남친 nam chin

男友

손자 son ja

孫子

손녀 son nyeo

孫女

큰 아버지 keun a beo ji

伯父

큰 어머니 keun eo meo ni

伯母

작은 아버지 ja geun a beo ji

叔叔

작은 어머니 ja geun eo meo ni

嬸嬸

조카 jo ka

姪子

조카딸 jo ka ttal

姪女

고모 go mo

姑姑

고모부 go mo bu

姑丈

외삼촌 oe sam chon

舅舅

외숙모 oe sung mo

舅媽

이모 i mo
阿姨，姨媽

이모부 i mo bu
姨丈

삼촌 sam chon
伯父，叔父

생질 saeng jil
外甥

며느리 myeo neu ri
媳婦

사위 sa wi
女婿

시아버지 si a beo ji
公公

시어머니 si eo meo ni
婆婆

장인 jang in

岳父

장모 jang mo

岳母

사촌 동생들이 저보다 많이 어려요.

sa chon dong saeng deu ri jeo bo da ma ni eo
ryeo yo

堂(表)弟妹年紀比我小很多。

이모들이 모두 해외에서 사세요.

i mo deu ri mo du hae oe e seo sa se yo

我的阿姨們都住在外國。

우리 오빠는 의사이다.

u ri o ppa neun ui sa i da

我的哥哥是醫生。

조카가 이번에 초등학교에 들어가요.

jo ka ga i beon e cho deung hak gyo e deu reo ga
yo

我的姪子今年上小學。

직업

jik geop

職業

單 字

선생 seon saeng

老師

사장 sa jang

老闆

직장인 jik jang in

上班族

사무실 직원 sa mu sil jik gwon

辦公室職員

회사 직원 hoe sa jik gwon

公司職員

요리사 yo ri sa

廚師

교수 gyo su
教授

작가 jak ga
作家

가수 ga su
歌手

화가 hwa ga
畫家

음악가 eum ak ga
音樂家

무용가 mu yong ga
舞蹈家

교통 경찰 gyo tong gyeong chal
交通警察

웨이터 we i teo
服務生

의사 ui sa
醫生

간호사 gan ho sa
護士

공무원 gong mu won
政府官員

학생 hak saeng
學生

강사 gang sa
講師

성악가 seong ak ga
聲樂家

조각가 jo gak ga
雕刻家

기술자 gi sul ja
技術員

대통령 dae tong nyeong
總統

부통령 bu tong nyeong
副總統

총재 chong jae

總裁

회장 hoe jang

會長

회사의 대표 hoe sa ui dae pyo

公司代表人

대표이사 dae pyo i sa

董事長，代表理事

이사 i sa

理事

사장 sa jang

社長，老闆

부사장 bu sa jang

副社長

부장 bu jang

部長，經理

차장 cha jang

次長

과장 gwa jang

課長

대리 dae ri

代理

주임 ju im

主任

상무 sang mu

常務

팀장 tim jang

組長

전무 jeon mu

總務

사원 sa won

社員

회사원 hoe sa won

上班族

사무직 sa mu jik

文書，事務職

비서 bi seo
秘書

샐러리맨 sael leo ri maen
領薪階級

직장인 jik jang in
職場人

주부 ju bu
家庭主婦

임시직 im si jik
臨時工

알바생 al ba saeng
工讀生

사람 sa ram
人

남자 nam ja
男生

여자 yeo ja
女生

MP3 162

남성 nam seong

男性

여성 yeo seong

女性

십대 sip dae

十幾歲的人

소년 so nyeon

少年

소녀 so nyeo

少女

이십대 i sip dae

二十幾歲的人

젊은이 jeol meu ni

年輕人

청년 cheong nyeon

青年

삼십대 sam sip dae

三十幾歲的人

장년 jang nyeon

壯年

아저씨 a jeo ssi

阿伯/大叔

이모 i mo

大孀

노인 no in

老人

사장님/ 아저씨

sa jang nim a jeo ssi

稱呼店家的老闆(男老闆)

아주머니/ 아줌마

a ju meo ni a jum ma

稱呼店家的老闆(女老闆)

어린이 eo rin i

孩童

아이 a i

小孩

남자아이 nam ja a i
男孩

여자아이 yeo ja a i
女孩

젊은이 jeol meun i
年輕人

외국인 oe gu gin
外國人

  例 句

저는 회사원이에요.
jeo neun hoe sa wo ni e yo

我是上班族。

저는 총재 비서입니다.
jeo neun chong jae bi seo im ni da

我是總裁秘書。

그는 사장이 될 자격이 있다.

geu neun sa jang i doel ja gyeo gi it da

他有當社長的資格。

그녀는 고등 학교 영어 선생입니다.

geu nyeo neun go deung hak gyo yeong eo seon saeng im ni da

她是高中英文老師。

그는 요리사다.

geu neun nyo ri sa da

他是廚師。

거기에 직장인들이 많아요.

geo gi e jik jang in deu ri ma na yo

那邊很多上班族。

그분은 우리나라 국가 대표 축구팀의 감독이에요.

geu bun eun u ri na ra guk ga dae pyo chuk gu tim ui gam do gi e yo

那位是我們國家足球代表隊的教練。

아르바이트 하고싶어요?

a reu ba i teu ha go si peo yo

你想要打工嗎?

 系列 17

不學可惜的韓語單字書

著 王愛實　執行編輯 王薇婷　美術編輯 林家維

出版社

22103　新北市汐止區大同路三段１８８號９樓之１
TEL　（02）8647-3663
FAX　（02）8647-3660

法律顧問　方圓法律事務所　涂成樞律師

總經銷：永續圖書有限公司
永續圖書 線上購物網
www.foreverbooks.com.tw

CVS代理　美璟文化有限公司
　　　　　TEL　（02）2723-9968
　　　　　FAX　（02）2723-9668
出版日　2014年10月

國家圖書館出版品預行編目資料

不學可惜的韓語單字書 / 王愛實企編. -- 初版.
　　-- 新北市：語言鳥文化, 民103. 10
　　　面；　公分. -- (韓語館；17)
　　ISBN 978-986-90032-8-5(平裝附光碟片)

　　1. 韓語 2. 詞彙

　　803. 22　　　　　　　　　　103016317

語言鳥 **P**arrot 讀者回函卡

不學可惜的韓語單字書

感謝您對這本書的支持，請務必留下您的基本資料及常用的電子信箱，以傳真、掃描或使用我們準備的免郵回函寄回。我們每月將抽出一百名回函讀者寄出精美禮物，並享有生日當月購書優惠價，語言鳥文化再一次感謝您的支持與愛護！

想知道更多更即時的消息，歡迎加入"永續圖書粉絲團"

傳真電話：
（02）8647-3660

電子信箱：
yungjiuh@ms45.hinet.net

基本資料

姓名： ○先生 ○小姐 電話：

E-mail：

地址：

購買此書的縣市及地點：

□連鎖書店 □一般書局 □量販店 □超商

□書展 □郵購 □網路訂購 □其他

您對於本書的意見

內容	：	□滿意	□尚可	□待改進
編排	：	□滿意	□尚可	□待改進
文字閱讀	：	□滿意	□尚可	□待改進
封面設計	：	□滿意	□尚可	□待改進
印刷品質	：	□滿意	□尚可	□待改進

您對於敝公司的建議

新北市汐止區大同路三段188號9樓之1

語言鳥文化事業有限公司

編輯部 收

請沿此虛線對折免貼郵票，以膠帶黏貼後寄回，謝謝！

語言是通往世界的橋梁

語言鳥Parrot
語言是通往世界的橋梁